Matrimonio pactado

Maureen Child

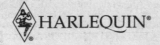

Editado por HARLEQUIN IBÉRICA, S.A.
Hermosilla, 21
28001 Madrid

© 2000 Maureen Child. Todos los derechos reservados.
MATRIMONIO PACTADO, Nº 1372 - 6.4.05
Título original: The Daddy Salute
Publicada originalmente por Silhouette® Books

I.S.B.N.: 84-671-2661-2
Depósito legal: B-8617-2005
Editor responsable: Luis Pugni
Composición: M.T. Color & Diseño, S.L.
C/. Colquide, 6 portal 2 - 3º H, 28230 Las Rozas (Madrid)
Fotomecánica: PREIMPRESIÓN 2000
C/. Algorta, 33. 28019 Madrid
Impresión y encuadernación: LITOGRAFÍA ROSÉS, S.A.
C/. Energía, 11. 08850 Gavá (Barcelona)
Fecha impresion para Argentina: 15.2.06
Distribuidor exclusivo para España: LOGISTA
Distribuidor para México: CODIPLYRSA
Distribuidores para Argentina: interior, BERTRAN, S.A.C. Vélez
Sársfield, 1950. Cap. Fed./ Buenos Aires y Gran Buenos Aires,
VACCARO SÁNCHEZ y Cía, S.A.
Distribuidor para Chile: DISTRIBUIDORA ALFA, S.A.

Capítulo Uno

—¡No! ¡No puedes dejarme tirada ahora!

Kathy Tate giró la llave de contacto una vez más, pero sólo consiguió oír las quejas del motor de su coche.

—¡Por Dios! —dijo, golpeando el volante—. ¡Acabas de pasar la revisión! —se acordó con desesperación de los seiscientos dólares que le había costado.

El viejo volkswagen se quedó en silencio, como si no tuviera nada que decir en defensa propia.

Perfecto, pensó ella, mirando por el parabrisas la larga calle bordeada de árboles. Estaba en uno de los barrios periféricos de la ciudad y no tenía ni idea de cómo iba a llegar al centro a entregar el montón de informes que se había pasado la noche escribiendo e imprimiendo.

—*Marines* de los Estados Unidos al rescate, señora —una voz grave interrumpió sus pensamientos.

Ella se volvió despacio para mirar por la ventanilla del conductor.

Oh, no sabía qué era peor.

Su corazón dio un extraño brinco dentro de su pecho cuando su mirada se encontró con la del sargento Brian Haley, su vecino. Él y un amigo suyo estaban jugando al baloncesto y ella salió de casa a toda velocidad, pero ahora no tenía escapatoria. Su propio coche la había traicionado.

Su «rescatador» se agachó para mirarla: rasgos afilados, pelo corto al estilo militar y unos músculos desnudos, bronceados y cubiertos de sudor que parecían haber sido tallados meticulosamente en su pecho. Él sí que era una perspectiva notable. Lamentablemente, a lo largo del mes que llevaba viviendo allí, ella se había dado cuenta de que él era consciente del impacto que producía a las mujeres.

No es que fuera creído ni nada parecido, sino algo más sutil. Cuando dedicaba una de esas sonrisas suyas, estaba claro que esperaba que las mujeres se quedasen boquiabiertas. Pero Kathy Tate no babeaba por nadie y por eso se había convertido en un reto para él. Últimamente se lo encontraba cada vez que se daba la vuelta. Como entonces.

–¿Necesita ayuda, señorita? –preguntó otra voz masculina.

Kathy se giró hacia la otra ventanilla y vio al amigo de Brian, que a juzgar por su corte de pelo, también debía ser *marine*.

En Bayside, a sólo un kilómetro del cuartel de Pendleton, se encontraban marines por todas partes.

–¿Y? –preguntó Jack–. ¿Qué te parece?

–No es nada que un buen fuego de mortero no pueda arreglar.

–¿Qué? –preguntó Kathy, inclinándose sobre ellos para ver qué hacían.

Brian echó una mirada por encima del hombro y explicó.

–Es una máquina.

–Muy gracioso.

–En serio, este coche está en las últimas –explicó con una carcajada.

–Los volkswagen son eternos.

–Y éste ya ha vivido una eternidad, me parece a mí –sacudió la cabeza, metió la mano entre un amasijo de cables grasientos y revolvió entre ellos durante unos minutos–. Pero aun así –se dijo más para sí mismo– que no se diga que un *marine* no puede echar a andar cualquier cacharro.

–No, por supuesto que no –murmuró Kathy. Pensó que había oído a Jack reírse, pero no estaba segura.

Poco después, Brian se levantó con tanta energía que casi choca con ella y la hace caer, pero inmediatamente se volvió para estabilizarla y ella sintió un fogonazo de calor cuando sus manos se tocaron.

Él la soltó al instante y dio un paso hacia atrás, como si hubiera sentido la misma extraña sensación que ella y no supiera qué hacer a continuación. Kathy sí que sabía qué haría: ignorarlo.

–Muy bien –dijo Brian–. Kathy, siéntate al volante y arranca cuando yo te lo diga.

–De acuerdo –dijo ella, sabiendo que no podría hacer nada para convencer a un hombre que intentaba superar a una máquina.

Además, así se alejaría un poco de él y tendrían una sólida puerta del coche de por medio.

Una vez dentro del coche, apretó el embrague, introdujo la llave y se preparó para la señal. Entonces oyó un montón de ruidos secos y guturales saliendo en torrente de la boca de Brian Haley. Él gritó y juró en un idioma que ella no había oído hasta entonces, aunque podía averiguar su origen.

Un poco después, él gritó:

—De acuerdo, ¡inténtalo ahora!

Ella obedeció, murmurando una oración mientras giraba la llave en el contacto. Inmediatamente, el viejo Charlie arrancó con uno de sus guturales rugidos rompiendo el silencio de la tranquila tarde.

Los dos hombres caminaron hacia la ventanilla del conductor y Kathy los miró.

—Buen trabajo —dijo Jack.

—Considérate rescatada —le dijo Brian.

Perfecto: no había querido su ayuda ni había querido estar en deuda con el Sargento Sonrisas, pero al final todo había ido bien. Lo menos que podía era mostrarse agradecida. Mirándolo con una abierta sonrisa, dijo:

—Gracias.

Él levantó una ceja e inclinó la cabeza.

—De nada.

Pero la curiosidad la picaba y no podía quedarse sin saberlo, así que le preguntó:

—¿Hace un momento... estabas hablando en alemán?

Su sonrisa creció aún más y ella sintió que la tensión arterial se le aceleraba. Después, se encogió de hombros y respondió:

—Estuve destinado en Alemania hace unos años. Allí aprendí los suficientes insultos como para pillar a cualquier coche alemán por sorpresa y obligarlo a hacer lo que yo quisiera.

—La verdad es que no me sorprende —pensó ella en voz alta.

–Señorita –dijo Brian, apoyándose con un brazo sobre el techo del coche e inclinándose hasta estar a escasos centímetros de su cara–, cuando me conozca mejor, se dará cuenta de que soy un hombre lleno de sorpresas.

Ella le sonrió con dulzura y dijo:

–No me gustan las sorpresas, sargento.

–Sargento mayor.

–Lo que sea –dijo, antes de meter la primera marcha y salir de allí, dejando al sargento mayor completamente descolocado.

Brian sacudió la cabeza mientras miraba cómo se alejaba el volkswagen, tosiendo y chirriando.

–Empiezo a gustarle a esa mujer.

–¿Sí? –dijo Jack, dándole una palmada en la espalda–. A mí me parece más bien que «Harley el Conquistador» ha fallado esa bola. En un partido de béisbol, esto sería un *strike*.

–Jack, amigo, acabo de empezar a batear.

–No tienes ninguna oportunidad. Ése ha sido un fallo claro. *Strike* uno –riendo, echó a andar hacia la canasta para continuar el partido de baloncesto que habían dejado a medias.

Brian miró en la dirección en que se había alejado el volkswagen. ¿Así que un fallo...? Aún tenía dos oportunidades más, y él era un hombre que no abandonaba fácilmente.

–Hola, vecina.

Pillada. Kathy se detuvo ante el sonido de aquella voz profunda y masculina. Había esperado poder entrar en casa sin encontrarse con él otra vez, pero parecía que ese hombre tuviera un radar para detectar mujeres. Ella tomó una bocanada de aire antes de girarse para mirarlo de frente, pero no sirvió de nada.

Como cada vez, se le aceleró el pulso y el corazón empezó a golpear sin piedad su caja torácica. Le sudaban las manos y tenía la boca seca.

Brian Haley, dos metros de altura de puro músculo y encanto bien entrenado, la sonrió desde la puerta abierta de su apartamento. Y qué sonrisa... Kathy se vio obligada a recordarse a sí misma, de nuevo, que él no le interesaba.

Lamentablemente, cada vez le costaba más recordarlo.

−¿De compras? −preguntó él, apoyado contra el quicio de la puerta y con los brazos cruzados sobre el fuerte pecho, que en esta ocasión llevaba cubierto con una camiseta con el emblema de los marines.

Ella se apartó el pelo de la cara, forzó una sonrisa y dijo:

−¿No se te escapa nada, verdad?

Después intentó colocarse mejor en los brazos las dos bolsas de papel sin asas del supermercado.

El sarcasmo sólo consiguió que la sonrisa creciera aún más. Le tomó las bolsas de los brazos y las sujetó con uno sólo de sus fuertes y morenos brazos.

−Los marines somos observadores bien entrenados.

−Qué suerte tengo −dijo ella, antes de meter la llave en la cerradura y abrir la puerta−. Gracias, ya puedo arreglármelas yo sola.

−No es molestia −dijo él, apartándose−. ¿Tienes más abajo?

Era obstinado. Obstinado y guapísimo... y, como cualquier hombre atractivo, estaba programado para flirtear con cualquier mujer que se pusiera a tiro. Bueno, ya habían intentado flirtear con ella antes y resistió a la tentación. Su escasa experiencia en el apartado de romances, le decía que la resistencia era la mejor defensa.

–¿Has tenido algún problema más con el coche? –preguntó él.

–No –dijo ella–. Ha arrancado todas las veces sin problema.

–Probablemente necesite una revisión de todas maneras –sugirió él.

–Acaba de salir del taller, pero gracias –ella abrió la puerta y entró en el interior de la casa, decidida a no quedarse mucho rato en el estrecho pasillo con un hombre que le provocaba un cortocircuito interno cada vez que la tocaba.

Brian la siguió al interior, con las bolsas en las manos. Ella pensaba dejarle entrar, darle las gracias por su ayuda y después echarlo de allí sin más y rápidamente.

Él dejó las bolsas en la barra que separaba la cocina de la sala de estar y se giró lentamente para contemplar la casa. Tenía el mismo estilo que ella, se dijo él: suave, femenino. En las ventanas había visillos blancos que difuminaban la luz de la tarde, varios sillones rodeaban una mesita baja redonda cubierta de libros y revistas, y las paredes estaban decoradas con cuadros de paisajes campestres y faros. En el ambiente flotaba un dulce aroma a lavanda.

–Es muy agradable –dijo él después de un largo rato, y se volvió a mirarla.

El suave pelo castaño le caía hasta los hombros, donde se rizaba hacia dentro. Unos mechones le caían sobre la frente y ella lo miraba con aquellos ojos del color del chocolate fundido.

Él se sintió irritado al advertir el desinterés y la fría distancia que ella mostraba hacia él cada vez que lo miraba. Después de un mes viviendo tan cerca, se podía haber pensado que bajaría la guardia, al menos un poco.

Demonios, él era *marine*.

Era del bando de los buenos, aunque dudaba que eso significara algo para ella.

Él escondió una sonrisa al verla en la cocina, atrincherada tras la barra, tan lejos de él como le era posible.

—Gracias —dijo ella en voz baja—. Oye, te agradezco tu ayuda, pero...

—Estás ocupada —acabó por ella—. Ya lo sé —no le sorprendió que lo echara de allí tan pronto.

Aunque ella siempre era educada, había dejado claro que no quería conocerlo tanto como a él le hubiera gustado conocerla a ella.

Y tal vez aquello no fuera malo del todo. Él no quería complicaciones y una relación con una mujer que viviera en la puerta de en frente, desde luego que sería complicado.

Aunque, pensó él mirando su cuerpo pequeño pero bien torneado, tal vez mereciera la pena.

Ella se aclaró la garganta y él parpadeó.

—Entonces, gracias y... —dijo ella, señalando la puerta—. Adiós, supongo.

—Claro —dijo Brian, asintiendo con la cabeza, pero quería saber una cosa más antes de irse a casa. Se acercó a ella y, apoyando los codos sobre la barra, la miró y dijo–. ¿Qué es exactamente lo que no te gusta de mí?

Ella pareció sorprendida por la pregunta. Se metió las manos en los bolsillos de los desgastados vaqueros, inclinó la cabeza a un lado y dijo.

–Nunca he dicho que no me gustaras.

–No era necesario que lo dijeras –afirmó él.

Ella tomó una bocanada de aire y después lo dejó escapar lentamente.

–Ni siquiera te conozco.

Él le dedicó una breve sonrisa.

–Eso es algo que podemos cambiar.

–No, gracias –dijo, sacudiendo enérgicamente la cabeza para dar más énfasis a su declaración.

–¿Ves a lo que me refiero?

–Ahora soy yo quien tiene una pregunta para ti, sargento Haley –dijo ella, levantando las cejas.

–Sargento mayor –corrigió él.

–Lo que sea.

–Dispara.

Ella levantó las dos cejas y apretó los labios, como si estuviera considerando si hacerlo.

–¿Por qué te estás esforzando tanto en caerme bien?

–Yo no estoy...

–Has cambiado la bombilla del pasillo –dijo ella, interrumpiendo su fútil intento de negar su acusación.

Brian intentó defenderse del ataque:

–El casero no iba a cambiarla inmediatamente y esto parecía el agujero negro de Calcuta.

–¿Ah, sí? –preguntó ella, sacándose las manos de los bolsillos sólo para cruzarse de brazos.

Empezó a golpear rítmicamente el suelo de la cocina con un pie.

Él la miró y se encogió de hombros.

–Supongo que al venir de una ciudad pequeña, el ser servicial es algo normal para mí.

–Me dijiste que eras de Chicago.

–Pero de un barrio pequeño.

Ella sacudió la cabeza, irritada.

–Arreglaste el timbre de mi puerta sin que te lo pidiese.

–Las conexiones eléctricas que fallan pueden provocar incendios –volvió a sonreír. No hubo respuesta. No podía condenarlo por ser un buen vecino.

–¡Pero si incluso me lavaste el coche ayer!

–No me costaba nada. Estaba lavando el mío y me pareció que al tuyo tampoco le vendría mal un baño –lo que realmente le parecía que necesitaba ese coche era un funeral, pero no le pareció el momento de decirlo.

–¿Qué explicación es ésa?

–¿Explicación? Kathy –dijo él, incorporándose y mirando directamente a aquellos ojos oscuros que aparecían a menudo en sus sueños–, somos los dos únicos inquilinos de este bloque que tienen menos de sesenta años. ¿Por qué no podemos llevarnos bien?

Ella ignoró esta última pregunta.

–Sigo sin entender –inquirió ella–, por qué sigues intentándolo aunque he dejado claro que no estoy interesada. ¿Por qué?

Él ya se había preguntado lo mismo en otras ocasiones a lo largo del último mes y ya había llegado a una conclusión, pero en lugar de admitir la verdad, respondió con una pregunta.

–¿Hay alguna razón por la que no podamos ser amigos?

Ella sonrió y sacudió la cabeza.

–Chico, eres muy obstinado.

–Los *marines* no se rinden sin pelear primero.

–Siempre hay una primera vez para todo.

–¿No has conocido a muchos *marines*, verdad? –preguntó él.

–Eres el primero.

A él le gustó el sonido de aquellas palabras.

Antes de que pudiera decir nada, ella pasó a su lado y sus brazos se rozaron. Otro fogonazo lo sacudió, igual que por la mañana. Ella también lo había sentido, y él se había dado cuenta por su mirada y porque oyó el ruido que emitió al tomar aire.

Él alargó la mano y le tocó el brazo. Casi se pudo oír el silbido del calor al entrar sus pieles en contacto, hasta que ella le tomó la mano y la apartó.

Mirándola a los ojos, susurró.

–Hay algo entre nosotros, Kathy, y tú también lo has notado.

–Lo único que hay entre nosotros es el pasillo.

–Fingir que no hay nada no te ayudará a escapar de ello.

–¿Qué te apuestas? –retó ella, dirigiéndose a la puerta abierta y colocándose a su lado, mostrando claramente que estaba esperando a que se marchara.

Bueno, pensó él, y caminó hacia la puerta, pero antes de que ella pudiera cerrarla tras de sí, colocó una mano sobre ella.

–Me gustaría saber una cosa –dijo él, dejando su mirada deslizarse sobre su cuerpo.

–¿Qué? –ella estaba casi detrás de la puerta, como utilizándola de escudo.

–¿No te fías de ningún hombre? –preguntó él, y esperó un segundo antes de añadir–. ¿O es sólo conmigo?

Ella levantó ligeramente una ceja al tiempo que decía:

–De ningún hombre, sargento Haley –bien, pensó él, antes de que ella añadiera–. Y en especial de ti.

Genial.

–Soy una persona muy fiable –protestó él.

–Y se supone que tengo que creerme lo que me digas.

–Puedes llamar a mi madre –ofreció él con una sonrisa.

Ella arrugó los labios y sacudió la cabeza.

–Gracias, pero no me interesa. Buenas noches.

Kathy cerró la puerta y echó el pestillo sin pensarlo. El sonido del cerrojo le pareció muy fuerte en el silencio que se hizo en un momento. Después, poniéndose de puntillas, echó una ojeada por la mirilla de la puerta.

Brian se dio la vuelta y la miró directamente, como si supiera que ella lo estaba espiando. Entonces le guiñó un ojo y dijo en voz alta:

–Si cambias de opinión, el número de mi madre es el 555–72–30.

Capítulo Dos

El teléfono sonó en el mismo instante en que Brian entró en su piso. Con la mente aún puesta en Kathy Tate, cruzó la sala sin darse cuenta de que las persianas venecianas estaban abiertas y que la luz entraba a raudales por ellas, dejando en el suelo la marca de luz y sombra, como si de los barrotes de una prisión se tratara. Apartó esa idea de su mente, tomó el auricular y respondió.

–Hola, Bri –susurró una voz femenina en su oído.

–Dana –dijo, haciendo una mueca. Ni siquiera su madre lo había llamado «Bri» desde que tenía ocho años. Lo cierto era que él no se había opuesto a que Dana Cavanaugh lo llamara así cuando empezaron a salir.

–Me preguntaba –siguió ella–, si querrías venir a cenar a mi casa.

Él miró por encima del hombro la puerta de entrada, justo en frente de la de Kathy.

–¿A cenar? –preguntó, con un tono de desinterés evidente para cualquiera menos para Dana.

Sin darse cuenta, se vio haciendo dibujos con el dedo en el polvo de mesa. Si no era capaz de ponerse a limpiar, tendría que contratar a alguien para que lo hiciera por él.

–Vamos, Bri –suplicó Dana, y Brian arrugó el

ceño ante el tono lastimero de su voz–. Hace semanas que no te veo.

–Sí, bueno –sintió una punzada de culpa–. He estado muy ocupado. Hay mucho trabajo en la base...

Aquello le sonaba mal hasta a él, pero ¿qué iba a hacer? ¿Admitir que desde que conoció a su vecina, hacía un mes, había perdido el interés en el resto de las mujeres? Imposible. Hubiera sido muy humillante admitirlo, hasta para él mismo.

–¿Estás muy ocupado para venir a cenar ahora? –preguntó ella.

Él echó un vistazo sobre su desangelada cocina: pequeña, oscura y sin cazuelas o sartenes en el fuego. Al otro lado del pasillo, Kathy Tate debía estar muy ocupada ignorándolo, y pronto él estaría ante la puerta abierta del microondas, introduciendo en él un plato precocinado congelado. Entonces, ¿cómo podía dudar? Una invitación para cenar debía parecerle un regalo de los dioses.

Después de todo, no estaba logrando nada con Kathy y tampoco había ninguna razón que le impidiera disfrutar de una cena agradable con una mujer espectacular en lugar de quedarse solo, lamentándose por el hecho de que sus legendarios encantos no hubieran conseguido derribar las defensas de Kathy. Además, no había ido a ningún sitio más que a la base en todo el mes.

–Bri –preguntó Dana–, ¿sigues ahí?

–Sí –dijo él–. Estoy aquí –y antes de poder cambiar de idea, añadió–. Pero pronto estaré contigo.

–¿De verdad?

–¿Por qué no? –dijo, forzando una sonrisa–. ¿Qué vamos a cenar?

Ella rió y aquel sonido que solía espolear sus hormonas al máximo, esta vez le pareció forzado y un poco sobreactuado.

–Deja que te sorprenda –dijo ella.

En esa frase se incluían todo tipo de invitaciones, y se sintió irritado de verdad al darse cuenta de que no estaba nada expectante. ¿Era aquello algún tipo de justicia cósmica? ¿Era el destino de un casanova como él el perder la cabeza por la única mujer que no lo deseaba?

Descartó aquella idea casi de inmediato. Aquello no tenía nada que ver con los sentimientos, y si al cabo de unas semanas lo recordaba, se preguntaría cómo podía haber sido tan estúpido como para pensarlo...

–Estaré allí dentro de media hora –dijo, y colgó.

Una ducha rápida y estaría de camino. Tal vez una agradable cena con la preciosa Dana consiguiese expulsar a Kathy Tate de su mente.

Quince minutos después, Kathy oyó su puerta cerrarse de un portazo y se preparó para oír el ruido de sus nudillos contra la suya. Parecía que Brian Haley no aceptaba un «no» por respuesta.

Pero el sonido de sus pasos se alejó por el pasillo.

–Bien –dijo ella en voz alta, sabiendo que nadie la escuchaba–. Eso te enseñará un poco de humildad.

Sin darse cuenta, Kathy se levantó a mirar por la ventana.

Retirando ligeramente el borde de las cortinas, miró a la calle que se extendía a sus pies. Un grupo de niños jugaba con sus bicicletas al sol del atardecer veraniego, dejando un eco de sus risas en el aire. La brisa del océano revolvía las hojas de los viejos chopos de la avenida, y en la lejanía, un perro ladraba sin descanso.

Ella se puso rígida cuando Brian bajó a toda prisa los escalones de la entrada. Siguiéndolo con la mirada, Kathy se fijo en su bien planchada camisa azul y los pantalones chinos beige. Parecía ir vestido para una cita.

–Me alegro de que los rechazos no lo afecten –sacudió la cabeza y se puso de puntillas para verlo mejor. Se movía con rapidez, como si estuviera cumpliendo una misión–. ¿Ansioso, verdad? –murmuró con los dientes apretados.

Aquello daba al traste con sus teorías acerca de ser una mujer irresistible. Él no sólo no estaba sufriendo por su falta de interés, sino que había ido directamente a ligar con otra.

Después de abrir la puerta de su Jeep negro, se deslizó dentro de él y unos instantes después había desaparecido de su vista.

Sólo entonces se dio cuenta Kathy de lo fuerte que estaba agarrando las cortinas, arrugando la delicada tela. Intentó alisarla todo lo que pudo antes de volverse para mirar su piso vacío.

Aquello había sido muy revelador. Había sabido desde el principio que Brian Haley era lo que su madre habría llamado un «conquistador», así que había hecho lo correcto al mantenerse firme ante sus intentos de flirteo y al rechazar su más que sutil invitación de conocerlo mejor.

–He ganado yo –murmuró, e intentó no pensar por qué aquella victoria le sabía tanto a derrota.

Tres días después, Brian levantó la vista por encima de la pantalla de su ordenador para ver al sargento primero Jack Harris entrar en la oficina.

–Llegas tarde –dijo.

–Dispárame por ello –le dijo Jack, sentándose tras su mesa.

–Hoy no deberías darme ese tipo de ideas.

–De acuerdo, sargento mayor Haley, señor.

Brian sacudió la cabeza.

–Cállate.

Jack rió, encendió su ordenador y miró a su amigo.

–¿Qué te pasa?

Brian se pasó las manos por la cara y masculló:

–Nada.

–Bien –dijo Jack–. Necesito esos informes acabados hoy mismo.

–Gracias por tu comprensión –dijo Brian–, pero estaré bien.

Jack rió, se reclinó en la silla y dijo:

–Vamos, suéltalo.

–¿Qué?

–¿Acaso serán... –dijo Jack, divertido– problemas de faldas?

–¿Quién ha dicho que esto tenga que ver con una mujer? –gruñó él, escondido tras sus manos.

–No hace falta que lo digas –le informó Jack–. Reconozco los síntomas.

–¿Qué síntomas? –dijo, dejando caer las manos sobre la mesa para después mirar a su amigo.

–Los síntomas que muestran que un hombre se ha pasado la noche en vela pensando en la mujer que no puede tener.

Brian había estado con Jack al principio de su matrimonio con Donna, la hija del coronel Candello, y recordaba con toda claridad lo exaltado que había estado éste en aquella época. También recordaba que no había entendido aquella actitud, qué ironía.

Pero la situación era completamente diferente. Brian no estaba casado, de hecho, ni siquiera había tenido una cita con la mujer que poco a poco lo estaba volviendo loco. La irritación fluía desde su interior y fulminó a su amigo con la mirada. Se apartó de la mesa, cruzó los brazos y le preguntó a Jack:

–¿Por qué asumes con tanta rapidez que estoy teniendo problemas con una mujer?

Jack apartó la vista de su trabajó y sonrió.

–Tal vez por el modo en que mirabas a Kathy Tate... y el modo en que ella evitaba mirarte a ti.

–Gracias por nada.

–Nada –Jack lo estaba disfrutando y se veía–. Dime: ya vi el *strike* uno con mis propios ojos, pero no sé si ha habido un *strike* dos...

–¿Cómo pudo una buena mujer como Donna casarse contigo?

–Ella se negaba a conformarse con menos de lo mejor.

–Y aun así ella te eligió a ti.

–Estás intentando cambiar de tema –dijo Jack señalándolo con el dedo–. ¿Temes admitir que por fin has encontrado a una mujer que se resiste a tus encantos?

—Veo que te estás divirtiendo mucho con esto, Jack —dijo Brian, y, disgustado, agarró un informe y fingió leerlo con gran atención.

—Esto no es asunto de risa, Brian —dijo Jack seriamente, pero al mirarlo, Brian descubrió una sonrisa en su rostro—. Hay apuestas.

—¿Apuestas algo?

—Sí —dijo Jack, balanceándose en su silla con las manos cruzadas sobre el pecho—. Y cada día suben más y más.

—¿Estáis apostado sobre si voy a fallar con Kathy? —Brian echó una mirada a la puerta abierta. ¿Cuántos de sus «amigos» estaban metidos en aquello? Y, se preguntó, ¿cómo se habían enterado de lo de Kathy?

Jack se rió con ganas.

—No hay un solo *marine* en la base que no esté deseando verte fallar por una vez.

—Qué bien. Estoy rodeado de amigos que me apoyan en todo.

—Oye, con la suerte que tienes con las mujeres, es normal que inspires cierta...

—¿Envidia? —sugirió Brian, levantando una ceja.

—Estaba más bien pensando en algo así como enemistades.

—Y has sentido que tenías que contarle a todo el mundo lo de mi vecina.

—Después de lo que vi el otro día —dijo Jack con una carcajada—, ¡desde luego que sí!

—¿Qué ha sido de la unidad y la lealtad de los *marines*? —preguntó Brian.

—Eso es en el campo de batalla, y es indiscutible. En este tipo de situación, estás solo, amigo.

Brian rió y sacudió la cabeza. Típico.

–Bueno, y ¿qué pasó?

–Nada –dijo él con sorna–. Ése es el problema.

La cena con Dana había sido un desastre. Tan pronto como llegó, le sirvió una copa y le dijo que la cena no estaría lista hasta una hora después, sugiriéndole a continuación diversos modos de pasar esa hora. Brian había decidido atender a sus sugerencias lo mejor posible, dispuesto a demostrarse a sí mismo que nada en su vida había cambiado. Pero en medio de lo que debía haber sido un beso delicioso, se dio cuenta de que estaba imaginándose que tenía entre los brazos a otra mujer, más bajita y llenita, con el pelo ondulado y moreno, y unos ojos enormes, oscuros, como para perderse en ellos.

En resumen, ni siquiera los encantos de Dana conseguían evitar que su mente volase hasta Kathy, lo cual lo irritaba una barbaridad, y a Dana... cuando le dijo que había cometido un error y no podía quedarse. Con el sonido del portazo que ella había dado aún retumbándole en los oídos, Brian había conducido hasta la base. Era triste admitir que le apetecía más trabajar que cenar con Dana.

Jack rompió a reír y Brian se dio cuenta de que nunca hasta entonces había reparado en que su amigo tenía una risa diabólica.

–¿Qué es tan divertido?

–Siempre es divertido ver a los poderosos caer.

–¿Caer?

–Esto puede ser aún mejor de lo que había imaginado –dijo Jack mirándolo con ojos de sorpresa–. Esto podría convertirse en «amor», sargento mayor. Por fin has encontrado un rival a tu medida.

¿Amor?

—Creo que el matrimonio te ha afectado al cerebro, Jack. Apenas conozco a esa mujer... —después, para dar más argumentos, desveló el hecho más humillante de todos—. Ni siquiera quiere salir conmigo.

—¡Esto cada vez se pone más interesante!

—Gracias por tu apoyo —espetó Brian, levantándose. Las botas de su uniforme resonaban contra el suelo de linóleo a cada paso que daba, de un lado a otro de la oficina, como un animal encerrado—. No estoy enamorado, y desde luego que tampoco entra en mis planes.

—Eso no se planea —indicó Jack.

—¿Ah, no? Pero algunos —dijo, golpeándose en el pecho con una mano—, tenemos más autocontrol que otros.

—Oh, claro... eso veo.

Brian lo miró con cara de odio.

—¿Hay alguna razón concreta para que tengamos que compartir una oficina?

—Probablemente.

—Pues seguro que no es lo bastante buena.

—Demonios, Brian —dijo Jack tras otra carcajada—. Sobrevivirás a esto, todos lo hacemos.

—Deja de meterme en tu grupo.

—¿Mi grupo?

—El de los *marines* casados. Antes eran hombres felices, y ahora arrastran mujer e hijos de base en base, empaquetando platos y teniendo que preocuparse por colegios, médicos y cosas así.

Jack se revolvió incómodo en su silla y miró en dirección contraria a las fotografías de Donna y su hija Angela que presidían su mesa.

–No sabes de lo que hablas.

–Claro que sí –respondió Brian–. Hay algo así como una epidemia de matrimonios que está barriendo la base y dejando tras de sí más bajas que en la conquista de Iwo Jima.

Jack se levantó lentamente, colocó ambas manos sobre la mesa y se inclinó.

–Yo no he causado baja, Brian.

–Claro que sí. Donna es una buena tiradora y no podías haberlo evitado –levantó una mano para evitar que Jack lo interrumpiera–. Me cae bien Donna, y Angela es el bebé más bonito que he visto nunca, pero amigo, te tendieron una emboscada y no te diste cuenta hasta que leíste los votos.

–Para, Brian.

–No, para tú –los dos hombres se enfrentaron–. No vas a arrastrarme al mismo agujero en el que caíste tú. Me gusta mi vida –continuó Brian, levantando cada vez más la voz–. Me gusta hacer el petate y cambiar de base, recorrer todo el mundo, vivir en apartamentos amueblados y no responder ante nadie más que ante mí mismo.

Cuando Brian acabó, tomó una bocanada de aire y todo lo que pudo escuchar fue un silencio desolador en la sala. Las facciones de Jack estaban tensas, pero al cabo de unos segundos, volvieron a la normalidad.

–¿A quién estás intentado convencer? –dijo, por fin–. ¿A mí o a ti mismo?

–No tengo que convencer a nadie –murmuró Brian, volviendo a su mesa y al montón de informes de armas que lo esperaban–. Sólo necesitaba un recordatorio, así que gracias.

–De nada –murmuró Jack, volviendo a su mesa y a su trabajo–. Cuando quieras.

Caso cerrado, pensó Brian sintiendo como la razón regresaba a su mente. Se acabaron las quejas de chiquillo enamorado. Era un *marine*, por Dios, y ya era hora de que volviera a comportarse como tal.

Tenía más nombres y números de teléfonos en su libreta de direcciones de las que cualquiera podría imaginar. Sólo tenía que llamar a uno de ellos y volver a entrar en el juego. Tenía que haber estado loco por haber pasado todo el mes soñando despierto por una mujer que ni siquiera lo miraba.

Kathy Tate no estaba interesada. ¿Y qué? Había muchísimas mujeres en la ciudad. Mientras la decisión se solidificaba en su cerebro, agarró el auricular del teléfono en cuanto sonó, y respondió con impaciencia.

–¿Sargento mayor Haley?

La voz al otro lado de la línea empezó a hablar, y a cada palabra suya, el recién reforzado mundo de Brian se tambaleaba cada vez más. Sintió que no podía llenar de aire los pulmones, la cabeza le daba vuelta y el estómago se le estranguló. Todo lo que veía y oía se convirtió en una nube borrosa y difusa, y lo único que podía escuchar con claridad era al extraño que le anunciaba por teléfono que la vida cómoda que una vez tuvo, se acababa de romper en pedazos.

Capítulo Tres

–Se va a casar de nuevo –se moría de vergüenza al pronunciar aquellas palabras.

–¿Quién? –preguntó Tina Baker

Kathy echó una mirada a su amiga, se tragó la vergüenza que sentía y dijo:

–Adivina.

Tina limpió la papilla de las mejillas de su bebé y frunció el ceño.

–¿Tu madre? –preguntó por fin.

Dejándose caer sobre el respaldo de la silla con la taza de café entre las manos, Kathy asintió.

–Sí. La reina de las pesadillas matrimoniales vuelve al ataque.

–¡Vaya! –respondió Tina, dándole al niño un juguete y sentándose frente a Kathy–. Así que éste será su quinto marido. ¿O el sexto?

Ella lo dijo como si aquélla fuera una pregunta razonable, y se lo agradeció. Tina y ella eran amigas desde el instituto, y siempre habían estado en contacto. Por más que Kathy hubiera considerado el comportamiento de su madre humillante, a Tina nunca le había parecido nada grave.

Trasladarse a Bayside hacía dos años había sido lo mejor que podía haber hecho Kathy. Al menos tenía una persona estable en su vida. Tina estaba tremendamente enamorada de su marido y siempre intentaba convencer a su amiga de que el matrimonio era algo bueno.

Pero Kathy ya había tomado la decisión hacía años. Con su madre, Spring, como ejemplo de qué no hacer en su vida, ella había decidido permanecer soltera. Era mejor vivir sola que ir de un matrimonio destrozado a otro.

Aunque su madre nunca había tenido mucho problema con aquello.

¿Acaso lo normal no era que fueran los hijos los que avergonzaban a los padres? En la mayoría de los hogares del país, los padres de mediana edad con la vida resuelta se lamentaban del estilo de vida que habían elegido sus hijos, pero la familia Tate no era así. Kathy era la adulta de la casa, y su madre, una adolescente de cuarenta y ocho años. Ella quería a su madre, pero no creía que fuese mucho pedir que Spring Hastings–Watts–Tate–Grimaldi–Grimaldi–Hennesey y, muy pronto, Butler madurase de una vez, se asentase y llevara una vida ordinaria de madre.

Una voz en su interior susurraba: «No va a cambiar nunca, asúmelo».

–¿Kathy? –al oír la voz de Tina, Kathy sacudió la cabeza para aclarar sus pensamientos.

Tomó un sorbo de café y contestó.

–En realidad, es su sexto matrimonio, pero mamá te diría que es el quinto, ya que se casó dos veces con su tercer marido.

Tina sonrió y al ver la expresión de disgusto de Kathy, dijo:

–Lo siento, cariño. Sé que esto no es divertido, pero tienes que admitir que la vida de tu madre es como un culebrón.

–Pues me encantaría que contratase nuevos guionistas.

Por muy comprensiva que fuera Tina, nunca acabaría de entender lo que era crecer con una madre como Spring. Kathy tuvo que aprender desde muy pequeña que ella sería la responsable de la casa, y había crecido con rapidez para compensar la falta de madurez de su madre.

Pero mientras esos pensamientos le ocupaban la mente, Kathy se sintió desleal. Su madre lo había hecho lo mejor que había podido y la había cuidado, lo cual ya era más de lo que había hecho su padre.

–¿Y cuándo es la boda?

Kathy empezó a pasear por la acogedora cocina. Su mirada fue del bonito dibujo a lápiz que decoraba la nevera, al plato de comida del perro en el suelo y las huellas de manos infantiles en las ventanas. Así debe ser la casa de un niño, pensó para sí. Por eso nunca tendría hijos. Una sensación de vacío fluyó por su interior hasta llegar al rincón que ella le tenía reservado permanentemente.

Por mucho que quisiera tener una familia como la de Tina, sabía que no era su destino y no quería ser madre soltera. Había comprobado personalmente lo difícil que era. Y nunca se casaría, así que eso alejaba definitivamente el tener hijos en su vida.

Por lo menos tenía a los niños de Tina para volcar en ellos todos sus sentimientos maternales.

–¿Kathy? –la sobresaltó la voz de Tina–. ¿Cuándo es la boda?

La boda.

–Dentro de tres semanas –dijo, apoyándose sobre la barra.

–Lleva mucho tiempo soltera. Me pregunto qué le habrá hecho decidir casarse de nuevo.

–¿Quién sabe? –dijo Kathy, levantando las manos.

Habían pasado seis años desde el último divorcio de su madre, y Kathy empezaba a tener ciertas esperanzas en que se asentara.

–¿Dónde será?

Esta vez fue el turno de Kathy de echarse a reír. ¿Qué más podía hacer con una madre como Spring?

–En Las Vegas. ¿Dónde si no?

–Bueno –dijo Tina, sacando a Michael de la trona–, quizá esta vez funcione y esté realmente enamorada.

Spring tenía un tono de voz distinto cuando había hablado con Kathy por teléfono para anunciarle su próxima boda. Tenía cierto temblor en la voz, como si estuviera nerviosa, aunque ninguna mujer que hubiera pronunciado las palabras «sí, quiero» tantas veces como Spring debía estar nerviosa por ello. Probablemente hubiera sido cosa de su imaginación. Sólo era otra boda más para Spring.

–Sí, y seguro que después del envío de todos esos informes, seremos las siguientes en ingresar en las listas de las grandes fortunas del país –dijo con una pequeña mueca, aunque no quería que su voz sonase amarga.

–Cosas más extrañas han pasado.

–Lo que tú digas –dijo Kathy, para añadir cambiando de tema–. ¿Tienes el anuncio listo para mandarlo al periódico?

–Sí. Ten al niño e iré a buscarlo.

–Claro –respondió Kathy, siempre dispuesta a tener niños en brazos.

A Kathy se le derretía el corazón cada vez que abrazaba aquel cuerpecito blandito y cálido. Le acarició la cabecita, peinándole el suave pelo rubio.

El arrepentimiento hizo presa de ella con furia. Al negarse el matrimonio, se estaba negando aquello a sí misma: un hijo propio al que amar, y cuanto más se acercaba a los treinta, más difícil resultaría. Las palabras «reloj biológico» se habían convertido en un cliché para ella y casi podía oír su tic tac.

Michael hacía ruiditos y le daba golpecitos en los hombros con sus diminutos puños. Ella tomó uno de ellos en la mano y lo acarició, sonriendo. El niño la imitó.

Tina entró en ese momento en la cocina y se detuvo a mirarlos.

–Eres muy buena con los niños, Kathy.

–No es difícil quererlos –respondió ella.

–Ni a los hombres.

–No empieces –le advirtió Kathy, que conocía la afición de Tina por ejercer de celestina.

–Hay un chico en la oficina de Ted que...

–Basta.

–Vamos, Kath. No hay razón para que vivas como una monja.

–No vivo como una monja.

–¿En serio? –dijo Tina, dejando el sobre que llevaba sobre la barra para cruzarse de brazos–. ¿Y cuándo fue la última vez que hablaste con un hombre de carne y hueso?

—Hace tres días –recordó ella.

—¿Quién era?

—Mi vecino.

—¿El *marine*? –los ojos azules de Tina se abrieron por la sorpresa.

Oh, no tenía que haber dicho nada. Se colocó a Michael sobre la cadera para balancearlo.

—Detalles, Kathy, quiero detalles.

—Me arregló el coche –dijo, encogiéndose de hombros–. Me ayudó a cargar con la compra –y se las había apañado para evitarlo desde aquel momento–. Y nada más.

Le pasó el bebé a su madre y tomó el anuncio para verlo.

—Pero podría haber algo más.

—Pero yo no quiero que lo haya –dijo. Recogió su bolso de la mesa y se dirigió a la puerta. La voz de Tina la detuvo en el umbral.

—Tú no eres como tu madre, Kathy.

Aquello era cierto, pero no cambiaba la realidad.

—No, pero soy su hija, y vivimos como nos han enseñado. Seré tan mala para los matrimonios como lo ha sido mi madre y no quiero eso. No lo quiero para mí ni para ningún hijo mío.

Después salió sin que Tina pudiese continuar con aquella vieja discusión.

Brian se quedó mirando el teléfono como si le fuera a explotar en las manos.

—¿Brian?

Él parpadeó y miró a Jack.

—¿Malas noticias? –le preguntó su amigo.

–¿Malas? –no sabía si podía considerarlas malas. Tal vez catastróficas u horribles. Miró su reloj; sólo tenía dos horas. Había estado muy bien por su parte al esperar al último momento para llamar.

–Oye, ¿qué pasa? –insistió Jack.

–Hum –dijo Brian, colgando por fin el teléfono–. Tengo que marcharme

–¿Dónde?

–Al aeropuerto.

–¿Cómo? –Jack parecía tan confundido como lo estaba Brian, a pesar de ser este último el hombre impasible–. ¿Por qué?

–Ya te lo contaré –apenas podía asimilar lo que acababa de escuchar, como para repetirlo con sus propias palabras.

–Maldita sea, Brian...

–Confía en mí. Tengo que marcharme –se apartó de la mesa y echó una mirada a los informes sin acabar que se amontonaban sobre ella–. Acabaré esto mañana.

–Son para hoy –dijo Jack, pero entonces vio algo en la mirada de su amigo, una cierta desesperación–. Déjalos. Yo me encargaré de ellos.

–Gracias.

Antes de salir, tomó su sombrero de la percha y se lo puso con decisión.

–¡Oye! –llamó Jack haciéndolo detenerse–. ¿Va todo bien?

Pasándose una mano por la cara, Brian trago saliva y masculló.

–Demonios, no.

–Llámame si necesitas ayuda.

¿Ayuda? Iba a necesitar toda la que pudiera conseguir, pero iba contra sus principios pedirla.

Era *marine*, un hombre fuerte, duro e independiente y su trabajo era defender al país de sus enemigos. ¿Cómo iba a pedir ayuda?

Miró a Jack y murmuró:

—Gracias.

Se marchó corriendo por el pasillo. En su mente, sentía el movimiento de las manecillas del reloj. No tenía tiempo para pasar por casa a cambiarse, así que iría directamente al aeropuerto.

Después sólo tendría que esperar. Esperar a la persona del Departamento de Menores de Carolina del Sur, que volaba para dejar al cuidado de Brian a una niña de trece meses cuya existencia desconocía.

Genial.

Capítulo Cuatro

En el aeropuerto, Brian cruzó de una zancada las puertas automáticas de vidrio y se dirigió directamente a una de las pantallas que anunciaban las llegadas de los vuelos. Puerta 36. Echó a andar tan rápido como pudo hacia allí, al ritmo que le imponían los latidos de su corazón.

¿Un bebé? ¿Suyo?

Intentó ordenar sus pensamientos, revueltos desde que recibió aquella llamada de teléfono. Aún resonaban en sus oídos las palabras de la trabajadora social: «¿Recuerda haber tenido una relación con Mariah Sutton?».

Claro que la recordaba. Había sido hacía un par de años, en Carolina del Sur. Bonita, amable y divertida. Mariah y él tuvieron una relación satisfactoria para los dos que duró seis semanas.

Pero según la trabajadora social con la que había hablado hacía dos horas, el recuerdo de la relación aún estaba vivo en la personita de Maegan Sutton–Haley, de trece meses de edad.

Brian sacudió la cabeza mientras apretaba los dientes.

Mariah le había dado a la trabajadora social su nombre, pero no se había molestado en contárselo a él. Se pasó una mano por el cuello y se puso a la cola de personas que esperaban para pasar por el arco de seguridad. ¿Qué hubiera hecho si se lo hubiera contado? La verdad era que no tenía ni idea, pero le gustaba pensar que hubiera hecho lo correcto, fuera lo que fuera considerado correcto en la actualidad, pero no podía estar seguro de ello.

Pero aquello ya no importaba. Lo único que contaba era el simple hecho de que Mariah Sutton había muerto en un accidente de coche y que había dado su nombre como padre y tutor de la niña.

Maldición, él nunca había querido hijos.

Pero entonces pensó que si no los había querido, no tenía que haber sido tan descuidado.

—Buenas tardes, sargento —dijo el agente encargado de la seguridad.

Él le saludó con la cabeza y pasó por el arco. El pitido no se hizo esperar. Brian miró las medallas de su uniforme y después al agente.

—¿Quiere que me las quite?

—No, sólo acérquese un instante —dijo el agente, sonriendo.

Brian se apartó de la fila mientras le pasaban el detector de metales por el cuerpo. Como era de esperar, pitó al llegar a la altura de las medallas. Él se encogió de hombros, como para pedir disculpas.

—Lo siento.

—No se preocupe, sargento —dijo, dándole paso con la mano—. Estamos acostumbrados. Que pase un buen día.

Brian no creía que fuera a ser así.

—Gracias —dijo, apresurándose para encontrarse con su destino.

Mientras esperaba en la puerta 36, observó las caras anhelantes y nerviosas que tenía a su alrededor. Aparentemente, él era la única persona que deseaba estar en otro lugar. Su corazón latía a un ritmo endemoniado y tenía encogido el estómago. Intentó recordarse que era un *marine*, pero no funcionó.

Por Dios, una hija.

¿Qué iba a hacer él con una niña pequeña?

Se dijo que tenía que haber prestado más atención cuando sus hermanas habían empezado a darle nietos a su amante madre, pero cada vez que aparecía uno de esos niños, Brian había tocado retirada.

Aquello debía ser una broma del destino.

El personal de las líneas aéreas en tierra abrió las puertas y los pasajeros empezaron a aparecer. Brian sintió que se ahogaba. Estaba cubierto de sudor y se sentía inmóvil. A decir verdad, se sentía del mismo modo que cuando lo dispararon por primera vez.

La gente que esperaba corrió al encuentro de sus seres queridos y Brian fue el único en quedarse allí. Esperando.

Entonces llegó ella.

Una mujer se dirigió hacia él. Era mayor, con ojos amables y cara de cansancio. Llevaba al hombro una mochila de Winnie Pooh y cargada sobre la cadera una niña.

Su niña. Maegan Haley.

Que Dios los ayudara.

—¿Sargento mayor Haley? —preguntó la mujer al detenerse frente a él.

—Sí, señora —dijo él, mirando a la niña. Tenía

sus ojos; Mariah no había mentido. Sintió como si le dieran un puñetazo en el estómago.

Era su hija.

La mujer vio su reacción y sonrió.

—Soy la señora Norbert y ésta es... Maegan.

—Bien.

—¿Podría identificarse? —dijo, como si dudara en entregarle la niña. Él no la culpó y le enseñó su identificación.

—Todo parece estar en orden.

Genial, Haley, se dijo él, impresiónala con tu capacidad de lenguaje. Pero ella no pareció notar que él se había quedado como tonto.

—En la bolsa hay unos pocos pañales, un biberón de zumo de manzana y algunas galletas para la dentición.

—¿Cómo? —se estaba viendo en serios apuros.

—Son como galletas duras.

—Ah —dijo, y para parecer más enterado, añadió—. Parece tener todos los dientes.

Lo sabía porque la niña los estaba enseñando.

—Oh, tiene la mayoría, pero las muelas siempre se resisten —genial—. Bueno, tendrá que ir a comprar algunas cosas inmediatamente, pero no tiene que preocuparse por la leche infantil.

—¿Leche infantil?

—Sí —ella lo miró y sacudió suavemente la cabeza—. Maegan ya bebe leche de vaca y puede comer comida normal.

Aquello le parecía bien, pero tampoco había pensado darle a la niña comida para gatos.

—Pero tiene que ir despacio, así que le vendrá bien tener potitos.

–Ah –se estaba quedando helado, y la niña tampoco parecía muy contenta.

–Así que sólo tiene que firmar aquí... –la mujer enterró la mano en su gran bolso negro y sacó una carpeta con toda la documentación legal.

Brian la tomó y se quedó mirando a las palabras, que empezó a ver borrosas. Esa firma iba a cambiarle la vida, y por alguna razón sus ojos se negaban a funcionar como debían.

–Tengo un bolígrafo por aquí –dijo la señora Norbert, aún rebuscando en el bolso–. Sujete a la niña y lo encontraré.

Y con estas palabras puso a Maegan en los brazos de su papaíto; el hombre y la niña se miraron con reparo. Brian estudió la cara en forma de corazón de la niña, la marca de saliva que salía de sus labios fruncidos y la pinza en forma de mariposa que llevaba en el pelo, finísimo y castaño claro. Llevaba un vestidito azul, medias blancas y unos zapatos negros y relucientes.

Brian la sujetó como si fuera una mina antipersona: con extrema precaución y todo lo lejos que podía.

Maegan lo observó y él estuvo convencido de no haber pasado su examen, pero no podía culparla por ello. Una mujer extraña la había metido en un avión, habían atravesado el país y la había dejado en brazos de otro extraño. No tenía ningún motivo para estar contenta.

Y como para demostrarle que no se equivocaba, Maegan empezó a dar patadas y a torcer el gesto antes de empezar a aullar como un perro enfurecido.

–¡Argh! ¡Para! –le dijo, y empezó a balancearla, con lo que consiguió enfurecerla aún más.

–Oh, no te preocupes –le dijo la señora Norbert, que por fin había encontrado el bolígrafo–. Sólo está cansada y extrañada.

–Me imagino como se siente –él también se sentía muy extraño.

–Estoy segura de que os llevaréis muy bien. Sólo es cuestión de tiempo –dijo ella, tomando a la niña en brazos para que él pudiera firmar los papeles que le convertirían en único responsable de aquel pequeño y gritón ser humano.

Sí, pensó él cuando su hija se calló y lo miró. Con unos treinta años sería suficiente.

Pero Brian Haley era un hombre de honor, así que firmó los papeles y sintió como su mundo se caía en pedazos.

–Bien –dijo la señora Norbert guardando una copia. Después le dio a Maegan un sonoro beso en la mejilla y un apretón de manos de despedida a Brian–. Ahora, si me permitís, tengo prisa.

Brian, incapaz de reaccionar, siguió con la mirada a la trabajadora social que desaparecía entre la multitud.

Kathy pegó la oreja a la puerta de entrada para enterarse de qué estaba pasando en el pasillo.

Podía haber abierto la puerta y haber preguntado a Brian Haley qué estaba haciendo, pero se había recordado a sí misma que estaba evitándolo. Y la tarea no le estaba resultando fácil, porque durante las dos últimas horas había estado escuchando cómo movían y arrastraban paquetes pesados por el pasillo. Aunque había intentado enterarse mirando por la mirilla, la luz que él había arreglado sólo le había ayudado a ver su amplia espalda entrado por su puerta cargando con algo en brazos.

¿Qué estaba haciendo? Al instante de pensarlo, se dijo que no le importaba lo que hiciera Brian Haley, pero su mano se movió inconscientemente a su brazo, hasta el punto en que él la había tocado y casi podía sentir su calor. «Esto es ridículo.»

Se alejó de la puerta y fue derecha a su escritorio. Era hora de ponerse al trabajo, esos informes no se iban a escribir solos. Pero en el momento en que se sentaba, oyó algo.

Levantó la cabeza y volvió a escucharlo. Se levantó y fue hacia la ventana, la abrió y se asomó, buscando el origen de aquel gemido lastimero.

Pero no había nada.

Estaba atardeciendo y la calle estaba casi desierta. La brisa de la tarde se coló por la ventana y jugueteó con los papeles que la esperaban sobre el escritorio. Automáticamente, tomó una piedra de cuarzo rosa y la colocó sobre ellos.

Sacudiendo la cabeza, se alejó de la ventana. Había sido producto de su imaginación; no había ningún niño llorando. En su bloque había cuatro pisos; dos de ellos estaban ocupados por dos señoras mayores que no tenían nietos que las visitaran y los otros dos los ocupaban ella y Brian Haley. La idea de pensar en él con un niño la hizo sonreír, pero también afirmarse en que lo que había oído no era llanto infantil.

–Dame un respiro, niña –pidió Brian, balanceándola sobre su cadera mientras sujetaba el teléfono contra su oreja, esperando a que su madre acabase su largo monólogo.

Mary Haley, aunque sorprendida, estaba encantada de enterarse de que había sido abuela de nuevo, y tenía miles de cosas que decir acerca de la paternidad.

Maegan resopló, se frotó los ojos y sacudió la cabeza hasta que la mariposa salió volando desde su cabeza.

—Tenía que haberte dejado más rato con Jack y Donna —murmuró.

Esperaba que el balanceo funcionase en ella como en sus sobrinos para hacer que se quedase dormida.

—¿Qué has dicho? —preguntó su madre—. ¿Dejarla con quién? ¿Durante cuánto tiempo?

—Con unos amigos, mamá —explicó él—. Sólo un par de horas.

Cerró los ojos al recordar la cara de sorpresa de Jack al verlo aparecer con el bebé en brazos. Estaba seguro de que el interrogatorio no se haría esperar. Gracias a Dios, Donna había visto en su expresión que Brian estaba al borde del colapso y había impedido que su marido lo bombardease con una pregunta tras otra, pero él sabía que sólo había conseguido retrasarlo.

Tomó una bocanada de aire y recordó que no le convenía enfadar a la única mujer que podía ayudarlo: su madre. Ella vivía para sus nietos y le encantaban los bebés.

—He tenido que ir a la tienda a comprar suficientes cosas como para armar un batallón. No quería cansarla con las compras.

—¿Y la has dejado otra vez con gente extraña?

–No parecía importarle –de hecho, parecía preferir estar lejos de él. Tal vez los bebés pudieran oler el miedo.

–¿Y cómo es mi nieta?

–Tiene una garganta excepcional –dijo él, al ver a la niña abrir la boca para empezar a llorar de nuevo.

–Ya la oigo –dijo Mary Haley, echándose a reír.

–Oye, ma –dijo él con voz muy alta, para hacerse oír por encima del llanto de Maegan–, tienes que ayudarme. Te pagaré el viaje si vienes un par de días o... semanas.

¡O años!

–No puedo, cariño –dijo ella, sin lamentarse en los más mínimo.

–¿Qué quieres decir?

–Quiero decir que yo crié a mis hijos, y ahora te toca a ti. Lo harás bien.

¿Criarla? ¡Él hablaba de sobrevivir a aquel desastre!

–No tengo ni idea de que voy a hacer.

–¿Y de quién es la culpa? Si hubieras venido más a casa y hubieras pasado más tiempo con tus sobrinos y sobrinas, habrías aprendido unas cuantas cosas –ésa era la razón por la que se había mantenido tan alejado, pero no lo confesó–. No será fácil, Brian, pero puedes hacerlo. Ella te necesita.

Aquello le llegó a lo más profundo de su alma.

Maegan se tranquilizó, sorbió por la nariz y recostó la cabecita sobre su hombro. Una puñalada completamente desconocida lo atravesó hasta el corazón.

Ella lo necesitaba.

Aquella niñita necesitaba que él fuera valiente,

fuerte y seguro. Se lo debía, se lo debía a su madre, Mariah. Nadie lo había necesitado antes, no de aquel modo. Su supervivencia y su futuro dependía solamente de él.

—¿Brian?

—Sí —dijo después de aclararse la garganta—. Sigo aquí.

—Mira cariño, me encantaría ayudarte, pero me voy a un crucero a finales de semana.

—¿A un crucero? —repitió, aunque recordaba vagamente algo sobre el tema en su última conversación.

—¿No te acuerdas? Un crucero por la costa de Alaska, con Edith Turner. ¿Te acuerdas de ella? Su hija tenía una enorme verruga en la frente.

Qué típico. La hija de Edith Turner se había convertido en fiscal del distrito, pero ella siempre la recordaría como la chica de la verruga en la frente.

—Sí, ya me acuerdo.

—Brian, cariño, has recibido un regalo inmenso —su regalo le estaba babeando la camisa del uniforme en aquel momento—. Sé que ahora puedes estar asustado.

—¡Yo no he dicho eso! —protestó.

—Ya lo sé —dijo su madre—. Pero sería comprensible que estuvieras un poco nervioso.

De acuerdo, nervioso era un calificativo que podía aceptar sin sentirse como un cobardica.

—Tal vez.

Maegan estaba dormida y Brian tenía miedo de moverse por si la despertaba y volvía a empezar a llorar.

—Siempre he pensado que serías un padre ex-

cepcional, Brian –dijo su madre, sorprendién-
dolo–. Y esta niña será tu puerta de entrada a un
mundo fabuloso. Quiero que me la traigas para
conocerla en cuanto tengas unos días de permiso,
¿de acuerdo? Buenas noches.

–Claro, mamá. Hasta pronto.

Cuando colgó sintió que había cortado la última conexión con el mundo exterior. Ahora estaban solos, él y la niña que lo odiaba.

Capítulo Cinco

Su responsabilidad.

Ya lo sabía y él no era de los que eluden sus responsabilidades, pensó mientras se colocaba a la niña en una posición más cómoda sobre el hombro. Todo lo que quería era un poco de ayuda a través del campo de minas que era para él la paternidad. Pensó que no le hubiera venido mal un poco de compasión.

Hizo una mueca.

Pero no la merecía, pensó, recordando que si él había tenido un mal día, cómo habría sido el de Maegan. Había perdido a su madre, cruzado el país en avión y finalmente la habían dejado en brazos de un extraño al que no había visto nunca. Si alguien merecía compasión, ésa era ella.

–Pobrecita –dijo, soplándole la despeinada cabecita–. No es culpa tuya que te hayan dejado aquí conmigo.

Ella emitió un resoplido en sueños y giró la cabeza, como si no encontrase la posición.

Él se puso rígido, como si lo hubieran disparado. Si se hubiera despertado, él hubiera estado metido en un buen lío. Echó una mirada al piso, cubierto de las cajas y bolsas llenas de artículos para niños y comida. Tenía que ordenar aquellas montañas de pañales y comida infantil en algún sitio, montar la camita para la niña y decidir qué hacer con ella al día siguiente, mientras él estuviera en la base, pero no podía hacer nada de eso porque si se movía, ella se despertaría.

Intentó calmarse y concentrarse para que le llegase una inspiración celestial que lo sacase del atolladero.

Nada.

Su mirada cayó en el teléfono. Tenía que haber alguien a quien pudiera llamar, no para pedir ayuda, sino consejo. ¿Dana? Brian sacudió la cabeza. Estaba bastante seguro de que ya no le dirigiría la palabra y además, Dana, como el resto de mujeres con las que había salido, se sentiría tan perdida con un niño como lo estaba él.

Nunca se había sentido atraído por una mujer femenina y hogareña hasta que se había mudado en frente de Kathy.

¡Kathy! Se sintió tan aliviado que casi gritó su nombre y pagó el precio al instante.

Al despertarse de improvisto, Maegan se apartó de su pecho, abrió la preciosa boquita y gritó más fuerte que el peor de los generales.

–Oh, no –balanceándola en los brazos, Brian intentó razonar con ella–. Vamos, preciosa, si lloras te saldrán arrugas, ¿no lo sabías?

Ella arrugó el ceño, tomó aliento y soltó otro terrible alarido.

–De acuerdo, todavía no estás preocupada por tu aspecto físico, pero si dejas de llorar, te compraré un coche cuando cumplas los dieciséis.

Sus puñitos se cerraron en torno a su camisa y su pelo del pecho. Esta vez, cuando ella tiró y gritó, él quiso imitarla.

–¿Eres demasiado joven para sobornarte, verdad? –dijo él mientras le abría los puños. Le miró los ojos azules, enrojecidos–. ¿Te das cuenta de que me estás dejando sin opciones?

A ella no parecía importarle.

Se sentía perdido totalmente. Se había pasado toda su vida adulta dando órdenes y no sabía quedarse de brazos cruzados. Al ver las lágrimas que llenaban sus ojos, Brian supo que lo había derrotado. Al menos aquella noche, necesitaría ayuda, y aunque no tenía sentido acudir a la mujer que lo había estado ignorando tan acusadamente durante semanas, no tenía más opción.

–Espero que se apiade de ti, si no es de mí –le dijo a la niña, dirigiéndose a la puerta.

Kathy estaba caminando hacia su puerta, arrastrada por los lloros infantiles, cuando oyó el timbre.

Al abrir la puerta, se encontró cara a cara con Brian Haley acunando a una niña furiosa.

–¿Qué es esto?

–Mira –dijo él rápidamente, poniendo un pie delante de su puerta para evitar que la cerrara de golpe–. No quería molestarte, pero, señorita, no me quedan más opciones.

¿El sargento? ¿Don Juan Haley en persona? ¿Con un bebé en brazos? ¿Qué vendría después? ¿Alienígenas aterrizando delante de su casa?

El llanto de la niña interrumpió sus pensamientos y miró a Brian antes de preguntar:

–¿De quién...?

–Es una larga historia.

–Más tarde –le dijo, reaccionando ante la niña desesperada y la mirada aterrada en los ojos de Brian.

Era la primera vez que veía al sargento Brian Haley perder el control de una situación, pero no iba a tener el lujo de deleitarse ante su confusión. Le dolía oír llorar a la niña con tanta desesperación e, instintivamente, Kathy alargó los brazos para sostenerla.

–¿Qué le pasa? –preguntó, entrando en el piso mientras intentaba calmarla. No le importaba si Brian la seguía o no, toda su atención estaba centrada en la niña que tenía en los brazos.

–No lo sé –dijo él, siguiéndola.

Kathy miró por encima su hombro y lo vio totalmente desvalido.

–Cada vez que se despierta, llora –dijo –. Y no sé cómo callarla.

Frunciendo el ceño, Kathy palpó el trasero de la niña y se volvió para mirar a Brian.

–Tal vez tuvieras que probar a cambiarle el pañal. La pobre está empapada.

Él dejó caer la cabeza como si estuviera demasiado cansado para sostenerla en su sitio por más tiempo. Un momento después, la levantó para mirarla.

–Tienes razón. Ni siquiera lo había pensado.

Durante una milésima de segundo, Kathy se apiadó del enorme y rudo *marine*. Estaba claro que no tenía idea de qué hacer con un niño. Lo miró de arriba abajo y se dio cuenta de que era la primera vez que no lo veía con el uniforme impecable. Estaba mojado por la saliva de la niña y allí donde había estado cerca de su pañal mojado, pero él no parecía haberse dado cuenta. Tenía la corbata arrugada e incluso la fila de medallas parecía un poco desordenada. Y sus ojos azules cristalinos mostraban una desesperación infinita: era la imagen de un hombre agarrado a un clavo ardiendo.

Había intentado evitarlo durante semanas, no había querido estar cerca de él de ningún modo, pero en aquel momento no importaba que fuera un tipo de los que estaban cada noche con una. Aquello no tenía nada que ver con una relación, sino con un bebé y un hombre sin recursos.

Sonaba lo suficientemente tranquilizador.

—¿Tienes más pañales? –preguntó ella.

Él soltó una carcajada.

—¿Hay arroz en China?

Kathy lo siguió a su pisó y quedó paralizada por las montañas de «cosas». Aquello explicaba todas aquellas idas y venidas por el pasillo.

Miró a la niña, que seguía gimiendo, pero ya más calmada. Acunándola con dulzura, le acarició la espalda y susurró.

—Desde luego que lo has dejado trastornado.

Brian se abrió paso a través del desastre hasta una montaña de pañales. Abrió uno de los paquetes, sacó un pañal y se lo tendió como si fuera un acuerdo de paz. La expresión esperanzada de su rostro era difícil de ignorar.

—¿Quieres que la cambie?

—¿Ayudaría que te lo suplicase?

Sus labios se contrajeron, pero consiguió tragarse la sonrisa antes de que aflorara a ellos. Tomó el pañal de las manos y se dirigió al sillón para tumbar a la niña y atender sus súplicas.

Él observó cada movimiento que ella hacía, susurrando para sí mismo, sin que ella consiguiera entender un discurso coherente.

–Pañales... mojada... no lo pensé... pobrecita...

Una vez seca, la niña pareció más contenta. Kathy la sentó sobre su regazo, colocándole la faldita sobre las regordetas rodillas. Sintió otro de esos pinchazos del instinto maternal frustrado y se volvió hacia el hombre que estaba enfrente de ella.

–Gracias –dijo él.

–De nada.

–Supongo que ahora querrás oír toda la historia.

–Pues sí –admitió ella. Se preguntaba como un soltero empedernido como él, sargento del cuerpo de *marines*, había acabado con las existencias de las tiendas de artículos infantiles de la ciudad. ¿Y de dónde había salido aquella preciosidad?

Él asintió con la cabeza y se rascó la cabeza con una mano.

–De acuerdo...

–Pero tal vez sea mejor esperar a que nos hayamos ocupado de ella. ¿Se va a quedar aquí, verdad? –interrumpió ella.

–Sí.

–Entonces, cuando esté dormida de verdad, me contarás la historia –él pareció aliviado–. ¿Le has dado de comer?

–No.

Con el pañal húmedo y hambrienta, no le sorprendía que la pobrecita llorara de aquel modo. Sacudiendo la cabeza, Kathy se levantó con la niña apoyada contra la cadera y se dirigió a la cocina. Brian la siguió de cerca.

–Bueno, parece que comida no falta –murmuró ella.

–He comprado un poco de todo –dijo él, señalando las decenas de tarros de vidrio extendidas sobre la encimera de la cocina.

–Muy bien. ¿Y biberones? ¿Has comprado alguno?

–Sí –dijo él, pasando a su lado en el estrecho pasillo entre la encimera y la barra, para llegar a otra bolsa de papel. Cuando Brian le rozó el trasero con la cadera, ella sintió que se quedaba sin respiración y que su cara enrojecía. Intentó decirse a sí misma que estaba ocupada con el bebé y que las hormonas podían esperar. O mejor, esperar para siempre.

Brian sacó un biberón de la bolsa con todo el cuidado del mundo, como si fuese de oro.

–Genial. Llénalo de leche y mételo al microondas.

–Leche –dijo golpeándose la frente–. No he comprado leche.

–¿Estás de broma? ¿Se te ha olvidado comprar algo? –él la miró cariacontecido y ella sacudió la cabeza–. Creo que tengo un poco en la nevera.

–Salvado –dijo, pasando otra vez a su lado, lo que hizo que Kathy apretara los dientes al sentir como sus cuerpos se rozaban de nuevo.

Mientras él estuvo fuera, ella sentó a la niña sobre la encimera, buscó una cuchara en los cajones y, poniéndose frente a ella para que no se cayera, abrió un tarro de compota de manzana.

La niña abrió la boca con ganas desde la primera cucharada, y Kathy rió al verla comer con tanta ansia. Pronto el tarro estuvo vacío y la niña empezó a parecer somnolienta.

Brian llegó por fin con la leche caliente y Kathy llevó a la niña a su habitación. Acostó a la niña en el centro y la rodeó de almohadones antes de empezar a darle la leche.

Antes de beberse la mitad del biberón, la niña estaba completamente dormida con una manita bajo la mejilla.

Kathy apartó por primera vez la mirada de la cara de la niña y observó la habitación. La primera palabra que le vino a la mente para describirla fue: espartana.

Apenas había unos pocos muebles, un par de botas, unos pantalones de camuflaje sobre una silla y un armario con puertas de espejo correderas.

Él la miró en el espejo, y sus miradas se encontraron en sus mutuos reflejos. A pesar de la poca luz que había en el cuarto, ella vio que se le avecinaban problemas.

Después de echar otra mirada a la niña, salió del cuarto para alejarse de la enorme cama lo antes posible.

Él fue a cerrar la puerta, pero Kathy le dijo que la dejara abierta para poder oírla.

—No quiero despertarla.

—Si no gritamos, no se despertará. Está muy cansada.

—Un día muy largo —comentó él.

—Para los dos, por lo que veo —dijo Kathy, sentándose en el sofá.

Él se dejó caer en el sillón más cercano y enterró la cara entre las manos.

—No te haces ni idea —dijo, antes de levantar la cara de nuevo.

Increíble, pensaba Brian. Kathy había venido a su casa, había calmado a la niña y le había devuelto la paz... en menos de un cuarto de hora. Demonios, en aquel momento, ella era mejor *marine* que él.

Había conseguido resolver el problema de la primera noche de su nueva vida, ahora sólo tenía que pensar en qué hacer los siguientes treinta años, más o menos.

—Intenta sorprenderme —dijo ella, deseosa de oír la larga historia aún pendiente.

Suspirando, se reclinó en el sillón y pensó en cuántas veces había deseado invitarla a su casa, estar a solas con ella... Entonces lo estaban, solos y en su apartamento... con una niña dormida a unos metros de distancia.

—Es hija mía —dijo él, imaginando que sería mejor ir al grano.

—¿Tu hija?

Él no podía culparla por sorprenderse tanto.

—Estás tan sorprendida como cuando me enteré yo, hace unas pocas horas —aunque dudaba mucho que estuviera tan cerca del ataque al corazón como lo había estado él.

—¿Me estás diciendo que no sabías que tenías una hija?

—Justo eso —dijo él, frotándose las manos. Se sentía avergonzado, pero ya que había comenzado, siguió adelante y contó toda la historia de la madre de Maegan, la breve relación y el accidente de coche que había ocurrido hacía tan sólo una semana–. Dejó escrito en su testamento que Maegan debía ser entregada a su padre, o sea a mí.

–¿Y su familia?

–No tenía a nadie.

–¿Y es la primera vez que sabes de su existencia?

Parecía que le costase hablar, pero, ¿Por qué se sentía tan molesta?

–Sí. Mariah nunca me dijo nada.

–¿Entonces es culpa suya? –preguntó Kathy y Brian la miró con el ceño fruncido–. Le diste oportunidad para que te lo contara.

–¿Una oportunidad?

Demonios, habían pasado juntos casi todas las noches durante seis semanas. Ella podía haber encontrado el momento de decirle que estaba embaraza sin que él tuviese que preguntárselo.

–Pobre mujer –siguió Kathy sin esperar respuesta, y se levantó del sillón–. Tener un hijo sola y después morir cuando ella es tan pequeña que no podrá ni recordarla.

Él también había pensado en eso y le rompía el corazón. Era como si les hubiesen robado el tiempo de estar juntas.

Pero no podía cambiar la realidad. Era trágico, pero si Mariah no hubiera muerto, todos hubieran sido más felices.

Kathy sacudió la cabeza mientras caminaba de un lado a otro de la sala. Brian sabía reconocer a la ira cuando la miraba a la cara, pero no podía imaginar qué había hecho él para provocarla.

–¿Qué te ha puesto de tan mal humor?

–Esto es tan... masculino –dijo ella.

–¿Qué? –si una mujer empezaba a generalizar, no le esperaba nada bueno.

–Los hombres –dijo ella–. Todos vosotros. Hacéis promesas que después no cumplís e, inevitablemente, son las mujeres y los niños quienes pagan las consecuencias.

Él se sintió herido en su orgullo y en su integridad personal.

–Ya está bien –dijo, levantándose del sillón. A sólo dos pasos de ella, la miró a los ojos y continuó–. No puedes echarme encima esa culpa. Mariah podía haberme dicho lo del bebé, pero por alguna razón eligió no hacerlo.

–¿Qué hubiera pasado si lo hubiera hecho?

Aquello lo dejó helado. Después de un momento, levantó las manos para dejarlas caer.

–La verdad es que no lo sé, y nunca lo sabré porque ella no me dio opción –sus labios se contrajeron, pero inclinó ligeramente la cabeza como si le diera la razón–. Y en cuanto a lo de romper promesas, nunca he hecho una promesa que no haya mantenido. No sé a qué tipo de hombres estás acostumbrada tú, pero mi palabra tiene un valor, por eso no la doy a la ligera.

Kathy estuvo a punto de creerlo. El gesto decidido de su mandíbula, los hombros cuadrados y tensos la convencieron de que tal vez se equivocara con aquel hombre. Tal vez.

Pero ¿qué otra cosa podía pensar? Había estado flirteando con ella como un loco desde hacía semanas, y no podía pensar en él como uno de esos hombres a los que les gusta asentarse con una mujer.

Pero ahora era el padre de una niñita y por lo que se veía, estaba superado por las circunstancias.

–De acuerdo, lo siento –se disculpó, más por

cambiar de tema que para pedir perdón de verdad. Él asintió–. ¿Has pensado qué vas a hacer con ella ahora?

–Ni siquiera he tenido tiempo –dijo él, malhumorado.

–No puedes llevarla a la base contigo.

Ella creyó verlo temblar, pero no estuvo segura.

–Hay una guardería en la base –dijo, como si se le acabase de ocurrir.

A Kathy le dio un vuelco el estómago.

–¿Vas a volver a dejarla con más extraños? –¿por qué protestaba contra la solución perfecta al problema del sargento?

–No me gustaría, pero no sé qué otra cosa puedo hacer –dijo, frotándose la nuca con la mano–. Por si no te has dado cuenta, estoy en un lío terrible.

–Yo podría cuidarla mientras tú trabajas. Al menos durante un tiempo, hasta que las cosas se tranquilicen y decidas qué hacer con ella.

Las palabras habían escapado de su boca antes de que pudiera evitarlo. Cuando se dio cuenta de lo que acababa de decir, deseó poder borrarlo como si lo hubiera escrito a lápiz.

Demasiado tarde.

Brian Haley se volvió hacia ella y la luz de la farola que se colaba por la ventana rodeó el contorno de su cuerpo de una luz pálida, como un halo.

–¿Lo dices en serio?

¿Iba en serio? Kathy volvió a pensarlo: trabajaba en casa y se organizaba su tiempo, y el recuerdo de Maegan acurrucada contra ella la había llenado de una extraña calidez. Podría volcar todas sus ne-

cesidades maternales en aquella niña que segura-
mente lo necesitaba tanto como ella.

El único problema sería el tener que tratar a
Brian a diario. Incluso mientras intentaba evitarlo,
había tenido un efecto devastador sobre ella. Pasar mucho tiempo con él podría ser... difícil. Pero
ella ya era una chica madura, no una adolescente
insensata perdida en fantasías de lujuria y pasión.
Podría con ello.

—Sí —dijo—. Creo que podría hacerlo.

—¿Por qué? —preguntó él en voz baja.

No podía culparlo por tener curiosidad. Ella se
había defendido de sus ataques durante semanas y
ahora se ofrecía para ponerse a tiro a diario.

—¿Acaso importa?

Él la observó un momento y después dejó escapar un suspiro.

—En la situación en que me encuentro, supongo que no —dijo, sonriendo y dando un paso
hacia ella.

Ella sacudió la cabeza y dio un paso atrás. Sería
mejor dejar las cosas claras desde el principio.

—No me malinterpretes, sargento. Voy a cuidar
de la niña, no de ti.

Él levantó una ceja y Kathy cerró los puños.
¿Dónde se estaba metiendo?

—¿Sólo trabajo?

—Sólo trabajo.

—Trato hecho —dijo Brian, extendiendo la
mano.

Ella miró la mano extendida como si fuera una
serpiente y necesitó un momento para tranquili-
zarse antes de deslizar la mano sobre la de él. Pero
aunque estaba preparada para sentir el contacto

de su piel, cuando sus dedos se cerraron sobre su mano, sintió que un relámpago de calor atravesaba su piel y llegaba hasta su corazón.

–Trato hecho –repitió, forzándose a hablar a pesar del nudo que tenía en la garganta. Después retiró la mano, aunque la sensación de cosquilleo no desapareció.

Podía sentirlo en los huesos.

Se había metido en un buen lío.

Capítulo Seis

Durante la primera semana de la nueva vida de Brian, ir a la base cada mañana le parecía una semana de vacaciones en Tahití.

No era bastante duro el dormir a duras penas, despertándose a cada ruidito que hacía la niña con la inquietud de que hubiera dejado de respirar durante la noche, sino que además tenía que aguantar el constante torrente de preguntas de Jack Harris y sus consejos sobre la paternidad.

Se veía arrastrado a un mundo en el que nunca había deseado entrar. Estaba aprendiendo cosas que nunca hubiera deseado saber y haciendo cosas que, si se las hubieran profetizado hacía un mes, le hubieran echo reír a carcajadas.

Además de eso, cada poco tiempo, Kathy lo llevaba a comprar más cosas para niños. ¿Cómo iba a imaginarse que los niños necesitaban tantas cosas? ¿Cómo se podía criar bien a un niño sin un contenedor de pañales eléctrico, un *walkie talkie* vigila bebés o una sillita deluxe para pasearlo?

Su vida se había convertido en una miseria.

Brian gruñó y echó un vistazo para examinar la zona de la tienda de artículos para niños en la que se encontraba.

Kathy, con Maegan en brazos, estaba dos pasillos más allá, buscando ropita para la niña.

Ya tenía muchas cosas, pero, se acordó Brian, ella se las apañaba para ensuciarlo todo a una velocidad pasmosa, sobre todo «sus» camisetas. ¿Cómo podía una niñita tan linda producir unos fluidos tan desagradables?

—Disculpe —una vendedora intentaba llamar su atención.

—¿Sí?

Ella sonrió y miró hacia donde estaba Kathy.

—Me parece que su esposa quiere decirle algo.

La palabra «esposa» le hizo ponerse en tensión, pero miró hacia Kathy y asintió al verla agitar la mano para llamarlo. Mientras caminaba hacia ella, la observó de pies a cabeza. Se podían utilizar muchas palabras para describir a Kathy Tate, pero «esposa» no era una de ellas.

Aquella unión forzada cada vez le resultaba más difícil de sobrellevar. Le llevaba la niña cada mañana a las 4:30, y ella le abría la puerta con un camisón azul que le llegaba hasta los muslos. Lo sabía porque siempre llevaba abierta la bata de seda con la que se cubría, dejándole una estupenda perspectiva de sus encantos físicos, que no eran pocos.

Y cada tarde, cuando iba a recogerla, Kathy lo saludaba con una sonrisa. Siempre había algún delicioso aroma que salía de su cocina y ella siempre estaba de lo más apetecible en vaqueros y camiseta.

Ella lo estaba ayudando mucho: ayudándolo a tener un ataque al corazón a edad temprana.

—Sujeta a la niña un segundo —dijo ella, acercándose para ponerle a Maegan en los brazos.

Por un instante, padre e hija se miraron a los

ojos y Brian observó que la niña empezaba a acostumbrarse a él, pero aún lo miraba con cierta desconfianza. Él la sostuvo contra su hombro, ignorando el puñito babeado que le tiraba del pelo.

—¿Estamos acabando? —preguntó, y consideró si eso había sonado a quejido. Los *marines* no se quejaban.

—Casi —dijo Kathy, echándole una mirada—. Sólo quedan un par de cosas.

Él esperó mientras ella elegía un jersey blanco y después la siguió a la caja y sacó su tarjeta de crédito, aún humeante tras la última vez que la había usado.

—¿Dónde vamos ahora, mi general? —preguntó Brian.

Kathy lo miró mientras le apartaba a Maegan el pelo de la cara.

—Creo que esto es todo.

—Estás de broma —dijo él, incapaz de creerse el alivio que ya empezaba a sentir.

—No. Yo diría que Maegan está bastante bien preparada.

—Firme aquí, por favor —dijo el cajero, ofreciéndole un bolígrafo.

Kathy tomó a la niña mientras Brian firmaba intentando no mirar el total. Después se guardó la cuenta en el bolsillo de los vaqueros. Tomó la bolsa y se volvió a las mujeres de su vida.

—¿Entonces, ahora qué? —preguntó—. ¿Qué te parece ir a cenar?

Tentador, pensó Kathy. Demasiado tentador. Durante aquella semana, se había adentrado profundamente en la vida de Brian Haley. Verlo cada mañana y cada tarde se había convertido en un hábito para ella, y aquel hábito empezaba a agradarla demasiado.

Maldición, tenía que haberlo pensado antes. Se había ofrecido para ayudarlo porque Maegan se había colado en su corazón desde el primer momento en que la vio, pero los últimos días, Kathy había empezado a darse cuenta de que la niña no era la única que había hecho eso. Cuando no se daba cuenta, sus pensamientos solían volar hacia la persona de Brian Haley. Sus sueños estaban llenos de sus manos grandes recorriendo su cuerpo, sus dedos hundiéndose en ella y desencadenando increíbles sensaciones. Y cada vez que le ocurría esto, se despertaba aturdida y un poco más insatisfecha de lo que lo estaba cuando se durmió.

Ella lo había observado mientras aprendía a ser padre y su corazón se encogía al ver a aquel hombretón acunar en sus brazos al diminuto bebé que compartían. Había algo en la escena que le tocaba la fibra sensible y la atrapaba. Por Dios, aquello se le estaba escapando de las manos completamente. Tenía que apartarse, volver a la cómoda distancia que había antes entre los dos, antes de que fuera demasiado tarde.

–¿Kathy? –dijo él, moviendo una mano frente a sus ojos–. ¿Cenamos?

Una cena... claro, empezarían por ahí, luego vendría el postre, y antes de que se diera cuenta, el desayuno.

–Uh... No.

–¿No?

¿Por qué estaba tan sorprendido? ¿Acaso esperaba que dejase toda su vida por él? ¿Pensaba que no tenía nada más que hacer que pasar tiempo con él y con Maegan? Claro, era lógico: era lo que había estado haciendo toda la semana.

–No –dijo ella de nuevo, con un poco más de firmeza–. Ya tengo planes –ella lo miró a los ojos, tan azules, y sintió que sus defensas se deshacían. Le pasó a la niña; le sería más fácil resistir si no estaba abrazando a aquella preciosidad–. Pero gracias por invitarme.

–Oh, no es nada –dijo, sin sonar convencido–. Vamos, te llevaré a casa.

¿Dónde estaba? Se preguntó Brian por decimoquinta vez aquella noche. Abrió una vez más la puerta de entrada, se asomó al pasillo... nada, ni rastro de Kathy.

Miró su reloj. Eran casi las doce. No era tan tarde, realmente, se dijo a sí mismo, y volvió a preguntarse dónde y con quién estaría.

Entro en casa y cerró la puerta. Aquello no era asunto suyo. Su cita no había subido a esperarla a casa, sino que ella se había marchado hacía cuatro horas porque había quedado con él en alguna parte. Tenía que haberle dicho dónde iba. ¿Y si el tío era un neurótico? ¿Y si la habían raptado o algo así? ¿O si era un conductor penoso y habían tenido un accidente de coche?

¿Y si, se dijo a sí mismo, dejaba de verlo todo tan negro?

No creía realmente que ella estuviera en peligro, lo que le molestaba era algo mucho más básico. Lo que le hacía subirse por las paredes era el saber que otro hombre la estaba estrechando entre sus brazos, tocándola, besándola... si no algo peor.

Basta. Detente ahí mismo, *marine*. No iba a imaginarse a Kathy desnuda en la cama de otro.

Quería ver esa imagen en su cama. Donde tenía que estar. Maldición.

–Gracias por ir al cine conmigo, Tina –dijo Kathy cuando dejó a su amiga en casa.

–Ha estado muy bien –rió ella–. Cualquier cosa que me haga salir de casa unas horas es bienvenida.

–Sí, ha sido divertido –dijo Kathy, preguntándose si Brian habría tenido problemas para acostar a Maegan.

–¿Qué tal está la niña? –preguntó Tina, como si pudiera leer los pensamientos de su amiga, pero algo en su tono puso a Kathy a la defensiva.

–¿Qué quieres decir con eso? –dijo, mirando la cara inocente de su acompañante.

–Nada... –Tina se encogió de hombros y se miró las uñas–. Sólo me preguntaba cómo te llevabas con el Sargento Sensacional y el Bebé Maravillas.

–¿Sargento Sensacional?

–Se te olvida que lo vi –dijo Tina, suspirando dramáticamente–. Y desde luego, si Ted no fuera tan adorable, me sentiría tentada.

Kathy rió con ganas. Tina estaba loca por su marido, no era ningún secreto.

–De acuerdo, si dejas escapar a Ted, me lo quedaré yo.

–Estás cambiando de tema. Estábamos hablando de tu *marine*, no de mi vendedor de seguros.

–Oye, no es mi *marine*.

–Todavía no.

Kathy protestó.

–Sólo estoy ayudándolo temporalmente.

–Sí, sí...

–No hay nada entre el sargento Haley y yo –dijo ella, apretando los dientes. A veces Tina podía ser de lo más irritante–. Ya sabes lo que pienso acerca de...

–Sí, claro. El amor es una basura y los matrimonios no duran.

Herida, Kathy se mordió el labio inferior y miró fijamente la carretera.

–Tengo miles de razones para creer lo que creo –dijo por fin.

–Lo siento, Kathy –susurró Tina–, pero ¿no piensas a veces que deberías tirar todas esas precauciones a la basura y darle una oportunidad?

No, no lo pensaba. O por lo menos, no muy a menudo. Y cuando lo hacía, había logrado convencerse de que estaba equivocada con rapidez.

–Gracias, pero ya he visto a mi madre darle suficientes oportunidades por todos nosotros.

–¿Y es muy desdichada? –preguntó Tina.

¿Desdichada? Spring estaba tan lejos de ser desdichada como Mary Poppins de convertirse en Atila, rey de los hunos.

–Pero...

–¿Pero qué? –Tina se giró para mirarla–. Vives tu vida como una virgen, escondida en tu montaña para que nadie pueda llegar, y por lo tanto no pueda marcharse.

–Vaya, eso lo tenías preparado.

–Supongo. Kathy, estoy preocupada por ti.

–No tienes por qué.

–Pero es uno de los extras que viene con el querer a alguien, lo siento –dijo Tina–. Pasas demasiado tiempo sola y debes encontrar a un buen hombre y darle una oportunidad al amor. Además, tienes un *marine* estupendo en la puerta de enfrente. Vive un poco, tal vez te sorprendas de todo lo que puedes conseguir.

Kathy detuvo su coche frente a la casa de Tina y miró a su amiga. Incluso con tan poca luz podía ver lo costoso que le había resultado a Tina decir todo aquello, y Kathy la quería por ello, aunque no estuvieran de acuerdo.

Oh, sentía algo más que tentación por Brian Haley y no podía permitirse bajar la guardia. Si se dejaba quererlo, sólo conseguiría quedarse devastada cuando se marchara. Y se marcharía.

–Te lo agradezco, Tina, de verdad. Pero ya sabes lo que conseguiría con todo eso. Una almohada mojada por las lágrimas. Aquí no hay sorpresas, sólo tienes que preguntárselo a mi madre.

Brian abrió su puerta de par en par cuando oyó pasos en la escalera.

Kathy se sobresaltó cuando él salió a su encuentro. Con la mano en el pecho, como si eso fuera a calmar su acelerado corazón, lo miró y preguntó:

–¿Qué pasa? ¿Está bien la niña?

–Sí, ella está bien –dijo con frialdad.

Se sintió tremendamente aliviada.

–Entonces, ¿qué pasa? ¿Qué haces?

Sus ojos se abrieron aún más y sacudió la cabeza como si no pudiese creer que ella le estuviese preguntando aquello.

–¿Sabes qué hora es? –preguntó con algo que se parecía mucho a un rugido.

Si él no hubiera estado tan malhumorado, a ella le hubiera parecido todo aquello muy divertido. Nadie la había esperado levantada desde que tenía quince años. Después olvidó la comicidad de la situación cuando notó que tenía el amplio y poderoso pecho descubierto. Las chapas plateadas colgaban de su cuello y brillaban contra su piel bronceada. Algunos botones de sus vaqueros no estaban abrochados, como si se los hubiera puesto a toda prisa. Se quedó sin aliento al notar unos centímetros de piel más pálida que se dejaba entrever por la abertura de los botones y se dio cuenta de que no llevaba nada debajo de los pantalones.

Oh.

Kathy miró hacia arriba, cruzando aquel maravilloso pecho, hasta llegar a sus ojos azules que la miraban. Intentó poner un tono divertido a la situación para ocultar su propio nerviosismo.

–Vaya, papá, lo siento. No sabía que fuera tan tarde.

Él avanzó rápidamente hacia ella, hasta quedarse muy cerca. Ella sintió que notaba el calor de su cuerpo y entonces deseó profundamente que se acercase aún más, dejar reposar la cabeza en su pecho y sentir sus brazos alrededor suyo.

–Créeme, cariño –dijo con voz de hierro–. No me siento nada paternal.

Oh, ya se daba cuenta, pensó, y le salió una especie de hipo nervioso que podía ser confundido con una risa.

–No es gracioso –la regaño él–. Estaba preocupado.

Era cierto. Ella podía verlo en sus ojos, en la tensión de sus manos. Era una sensación nueva y no del todo desagradable el que alguien, un hombre, se preocupase por ella. Pero tenía que recordar su propósito de mantener la distancia. Brian Haley no estaría en su futuro, así que no sería prudente dejarlo entrar en su presente.

—No tenías que estarlo —dijo, y se preguntó porque hablaba tan bajo.

—No he podido evitarlo —le dijo, mirándola a la cara con cariño.

Ella no hubiera pensado que aquello fuera posible, pero su corazón se aceleró aún más. Él tenía un efecto sorprendente sobre ella. Empezó a sentir un calor desde las extremidades hacia el tronco que la hizo sentirse terriblemente débil.

—¿Tu acompañante no podía llegar hasta la puerta? —preguntó, mirando al pasillo, como si esperase ver una sombra cobarde huyendo en la oscuridad.

Su «acompañante» probablemente estaría en la cama, acurrucada al lado de su marido, pero no podía decirle eso, así que optó por un:

—No necesito que me acompañen a casa. Puedo cuidarme sola, llevo años haciéndolo.

Por fin apareció una sonrisa en su rostro.

—Estoy seguro de ello, pero en mi opinión, cuando un hombre acompaña a su chica hasta la puerta, se asegura de que está bien antes de dejarla.

Oh.

Le costaba tragar a través del nudo que tenía en la garganta. A decir verdad, sus ideales feministas debían estar chirriando, pero lo que él le dijo no la hizo sentir inferior, sino querida. Y se preguntó cómo sería sentirse así todo el tiempo. Saber que un hombre se preocupa lo suficiente por ti como para poner tu seguridad y tus preocupaciones por delante de cualquier otra cosa.

Él le empezó a acariciar el brazo con los dedos, dándole un masaje sobre la fina de seda roja de su blusa. Aquellos dedos parecían estar en llamas y ella sentía aquellas caricias hasta en lo más profundo de su alma. Era como si se hubiese encendido un cerilla en su interior y si no había algo pronto, estallaría en una hoguera que la consumiría por completo.

–Yo... Tengo que irme ya.

Él asintió lentamente, como si la hubiera oído pero no tuviese prisa por cumplir sus deseos.

–Te acompañaré a la puerta.

Ella la señaló, a sólo dos metros de ellos.

–Está aquí mismo.

Él dio un paso atrás sin soltarla.

–De verdad que tengo que entrar ya –dijo, sin sonar convincente.

–Ya lo sé –dijo él, y la soltó lo suficiente como para permitirle sacar la llave del bolso. Él la tomó de su mano y abrió la puerta de par en par, echando un vistazo al interior antes de volverse hacia ella–. Ahora ya sé que estás segura en casa.

–¿Sí? –preguntó ella, sabiendo que estaba hablando de algo mucho más peligroso que la seguridad física. Era su corazón el que estaba en peligro.

Él volvió a deslizar las manos por sus brazos, por su cuello. Kathy tembló ante el tacto de sus fuertes manos contra su piel y contuvo el aliento cuando le tomó la cara entre las manos, sin estar segura de qué deseaba.

—Estás tan segura como quieres estarlo, Kathy Tate —susurró él antes de bajar la cabeza y colocar su boca sobre la de ella.

Ella se preparó para lo que estaba por llegar. Sabía que el primer beso sería una experiencia tremenda, y ahora que sabía lo que estaba por llegar, se echó a temblar.

Le acarició la cara, los pómulos con los pulgares y sus labios en su boca hicieron cosas maravillosas que nunca había soñado imaginar.

Al principio fue suave, él la besó apenas acariciándole los labios. Ella se puso de puntillas y se inclinó hacia él, esperando más, deseando... necesitaba más.

Y después, con un gemido desde lo más profundo de su garganta, él le dio lo que ella necesitaba. Deslizó los dedos por su cabeza, enredándolos con el largo pelo castaño y la atrajo más hacia sí, con fuerza. Ella lo rodeó con los brazos.

Brian le abrió los labios con la lengua y se deslizó en su cálida boca, mientras ella gemía al notar su sabor por primera vez. Sus lenguas danzaron, sus alientos se mezclaron y él le aprisionó el labio inferior con los dientes, enviando una multitud de sensaciones extremas a su torrente sanguíneo.

Sin aliento, con la cabeza hecha un lío y el corazón a mil, Kathy intentó apelar a la razón, pero en lugar de eso, sintió que la poca que le quedaba se la llevaba el viento. Y cuando por fin él se retiró y la miró a los ojos, ella vio más pasión de que la que había visto nunca escrita en sus rasgos.

Soltándola de improvisto, Brian dio un paso hacia atrás hacia su puerta. Se rascó la nuca con una mano y dijo.

–Será mejor que entres.

–Sí –susurró ella, a pesar de que sabía que era demasiado tarde para ella buscar un lugar seguro.

Dio un paso hacia atrás y empezó a cerrar la puerta, pero al ver que él no se movía, preguntó:

–¿Qué pasa?

–Estoy esperando a que estés dentro con la puerta bien cerrada –dijo, sonriendo.

–¿Sigues cuidando de mí? –susurró ella.

–Eso intento, cariño, pero no es fácil.

Ella sabía a qué se refería. No había sido fácil dejar de hacer lo que estaban haciendo. Podía ver sin problemas que su respiración estaba tan acelerada como la de ella y el bulto que se apreciaba en sus vaqueros era la prueba gráfica de que al cuidar de ella, se había condenado a una noche larga y frustrante.

–Si sigues mirándome así –murmuró él, y ella levantó la vista para mirarlo a la cara–, seguiremos cuidando uno del otro toda la noche.

El estómago se le encogió y notó como su cuerpo se acaloraba y se humedecía sólo con pensarlo, pero estaba decidida a ser razonable y asintió antes de cerrar la puerta y el pestillo.

Una vez dentro, se apoyó en la puerta y cerró los ojos. Se había equivocado en todo lo que le había dicho a Tina.

Aparentemente, estaba lleno de sorpresas.

Capítulo Siete

–¿Los has perdido? –le gritó Brian a un soldado que parecía dispuesto a cavar un agujero en la tierra y enterrarse en él.

–Sí, sargento mayor.

Echando chispas, Brian apartó la mirada del chico un segundo, intentando calmar su temperamento.

Echó una mirada al terreno abierto, los matorrales y la playa que rodeaban el Campamento Pendleton. Las gaviotas volaban sobre ellos, sobre la maquinaria y los *marines* que se ocupaban de ella y sobre los helicópteros que batían el aire rítmicamente.

Se había acabado el día. Era el momento de empaquetarlo todo y volver a casa, pero aquel chico idiota había perdido unas gafas de visión nocturna.

Lentamente, se volvió para mirar al soldado en cuestión.

–Soldado –le dijo con gran seriedad–. El gobierno de los Estados Unidos es quien le ha prestado esas gafas, y el Cuerpo de Marines había confiado en que las cuidaría.

El chico se puso rígido y un músculo de su mandíbula empezó a temblar.

Brian se inclinó más sobre él hasta mirarlo muy

de cerca. Era muy joven... o él estaba envejeciendo muy deprisa.

—Esas gafas cuestan más que tu vida, chico.

—Sí, mi sargento.

—Y vas a encontrarlas.

—Sí, mi sargento.

—¿Acaso esperas que las encuentre yo por ti?

—No, mi sargento —dijo rápidamente, tragando saliva.

—¿Crees que debamos llamar a tu madre para que te ayude a encontrarlas?

El chico se puso aún más tenso.

—No, mi sargento.

—Bien —dijo Brian. Si algo era importante para los *marines*, era la responsabilidad. No estaba dispuesto a escribir un informe diciendo que uno de sus chicos había perdido una costosa parte de su equipación. Demonios, si les pasaba eso, lo siguiente sería que perderían su arma.

Aquellos chicos tenían que aprender a cuidar de sus cosas o un día se encontrarían rodeados de enemigos con nada con lo que defenderse más que piedras.

—Soldado Henry —dijo en voz alta—, vas a ser el hombre más popular de la tropa esta noche —el chico parpadeó—. Todo el mundo se va a quedar aquí, peinando cada centímetro de terreno hasta encontrar las gafas que has perdido.

Se levantó una oleada de protestas susurradas, pero Brian las ignoró. Su tropa odiaría al soldado Henry, pero también a él, lo cual no le importaba demasiado, ya que no estaba en el cuerpo para ganar concursos de popularidad. ¿Acaso creían que a él le apetecía seguir andando todo la tarde por un terreno arenoso? Él también tenía una vida, algo extraña en aquel momento, con la niña y su reacción tras besar a Kathy la semana anterior, pero era suya.

—De acuerdo, chicos —ordenó, mirándolos como si sus ojos fueran bayonetas dispuestas a atravesarlos—. A trabajar. Subid a cada colina, bajad a todos los valles, moved cada brizna de hierba y removed la arena si eso es lo que hay que hacer para encontrar las gafas. De aquí no se marcha nadie hasta que las encontréis.

Y los hombres echaron a andar, dedicándole al soldado Henry ciertos insultos bien escogidos. Brian se quedó mirando al océano y al sol que estaba a punto de hundirse en él.

Normalmente le gustaba estar allí, dirigiendo maniobras. Le gustaba trabajar con los nuevos *marines* y mostrarles lo que encontrarían en el cuerpo: deber, honor y camaradería.

Una media sonrisa cruzó sus labios, pero desapareció enseguida. Hoy ni siquiera disfrutaría probando las armas con ellos.

Miró la incesante línea de olas que llegaban hasta la orilla para retirarse después al lugar de donde habían venido. El rugido del océano se imponía sobre los ruidos más inmediatos que lo rodeaban y se dio cuenta de que aquel día ni siquiera habían sentido la habitual sensación de ser parte de una comunidad de guerreros.

Por aquel día, como todos los anteriores de la semana, estaba pensando en Kathy Tate y en lo que le estaba haciendo. Llevaba dos semanas de paternidad y la rompecorazones de ojos azules que había invadido su vida, empezaba a darle tregua. Pero su niñera era otra historia.

Tomó una bocanada de aire salado, puso los brazos en jarras y se preguntó a sí mismo por qué la estaba dejando atraparlo de ese modo. Maldición, ninguna mujer se había acercado tanto a él como ella; hasta entonces, siempre había mantenido a las mujeres de su vida en una «zona segura».

Cerca, pero no demasiado. Íntima, pero no realmente. Amantes, pero sin amor. Y en aquel beso tan increíble, Kathy había roto todas las barreras de seguridad. Aquél sería un buen momento para echar a correr.

Menos mal que el rugido de un todoterreno tras de sí le impidió continuar con sus pensamientos. El motor se apagó y Brian se volvió para mirar a Jack Harris, que se había bajado del asiento del coche y caminaba hacia él.

–¿Qué pasa, Brian? –le preguntó mientras volvía la mirada hacia los hombres que se movían lentamente por el terreno.

–Henry ha perdido sus gafas de visión nocturna –respondió mientras sacudía la cabeza.

–Oh, genial –exclamó Jack y dio una patada al suelo.

–Va a ser una noche muy larga si no tenemos suerte.

–Y no la tendremos.

–Ya veremos.

–Creo que voy a llamar a Donna para avisarle de que no podré ir a cenar –dijo Jack, sacando un móvil del bolsillo–. Si no la aviso, soy hombre muerto.

Brian contuvo una risotada mientras su amigo hablaba con su mujer, pero la sonrisa desapareció por completo de su rostro cuando se dio cuenta de que él también tenía que hacer una llamada.

Se habían acabado los días en que no tenía que dar cuentas a nadie, cuando su piso y su vida eran sólo para él. Ya no era el sargento mayor libre como el viento de antes, sino que tenía que pensar en un bebé y mejor no hablar de la mujer que estaba cuidando del bebé. ¿Y si Kathy tenía una cita aquella noche? La cara se le ensombreció al pensarlo. Ella había salido tres veces y cada una de las veces, él se había subido por las paredes. Había intentado descubrirlo un par de veces, pero el hombre misterioso no la acompañaba nunca hasta la puerta.

Lo cual no decía mucho de él.

Cuando Jack volvió a su lado, Brian le pidió su teléfono.

—¿Qué es esto? ¿Brian el libre tiene que dar cuentas de dónde está?

—Cállate y dame el teléfono.

Jack lo puso fuera de su alcance.

—¿Sigues en el *strike* uno o ha habido algún avance? Hace mucho que no me cuentas nada.

En aquel instante, el beso que había tenido como resultado una semana de silencio, volvió a la mente de Brian. Las carcajadas de Jack se dejaban oír por encima del zumbido de los helicópteros y un par de *marines* que estaban cerca, se volvieron para mirarlos. Brian los ignoró.

—¿Qué es tan divertido?

—Tú, amigo —le dijo Jack—. ¡*Strike* dos!

Brian intentó atrapar el teléfono.

—No tienes ni idea de lo que estás diciendo.

—Tengo que ver a ese mujer —continuó Jack después de darle el móvil. Le dio una palmada a Brian en la espalda y añadió–. Tráela a ella y a la niña a cenar un día. Donna también quiere conocerla.

–Estoy rodeado de amigos –murmuró Brian, y le volvió la espalda. Demonios, si pudiera hacer que quisiera salir con él, no tendría tantos fallos. ¿O sí?

Entonces, como si Jack pudiera leerle el pensamiento, siguió:

–O tal vez –dijo mientras Brian marcaba–, ella siga sin querer salir contigo...

Brian lo maldijo entre dientes.

–Eso, eso –rió Jack–. Chico, las apuestas van a subir como la espuma cuando los chicos oigan esto.

Genial, perfecto. Su vida se había convertido en la apuesta más interesante de la base.

Kathy respondió a la tercera llamada.

–¿Sí?

–Hola, Kathy, soy yo.

–Hola –dijo, y él se imaginó que estaría sonriendo.

–Mira –dijo, levantando la mirada para observar a la tropa, que empezaba a subir la primera colina–. Tengo un problema en la base.

–¿Qué ocurre?

¿Estaba preocupada?

–Un soldado ha perdido un elemento de su equipación y tenemos que quedarnos aquí hasta que lo encontremos.

–Ah –dijo ella, y esta vez notó decepción en su voz. ¿Acaso había esperado verlo a la misma hora que de constumbre?

–Me preguntaba –continuó él–, si podrías cuidar de Maegan unas pocas horas más.

–No hay problema.

Él bajó la voz por si Jack lo estaba escuchando.

–¿No tienes ninguna cita esta noche?

–Uh... no. Esta noche, no.

Brian no sabía si se sentía aliviado por que no fuera a ver al otro hombre o decepcionado por que no hubiera tenido que cancelar su cita con el otro.

–¿A qué hora crees que llegarás?

Podía ser cuestión de una hora o de dos días.

–No puedo decírtelo –dijo con un suspiro–. Hasta que los chicos encuentren lo que han perdido.

–Chico –dijo ella–, me alegro de que no seas mi jefe.

Él también se alegraba, porque si fuera así, se vería en serio peligro de ser acusado de acoso sexual.

–Llegaré lo antes que pueda –dijo, deseoso de colgar y de dejar de oír su voz.

–¡Eh! –ella pareció muy sorprendida.

–¿Qué? –preguntó y dio un paso al frente, como si así pudiera entrar en su piso–. ¿Qué ha ocurrido? ¿Ha pasado algo?

–No ha pasado nada –dijo, y después, con voz cantarina añadió–. Maegan, ya casi eres una chica mayor.

–¿Qué ha hecho? –quería saberlo, y de pronto se sintió a kilómetros luz de distancia del acogedor piso y de su niñita.

–Se ha soltado del sofá y casi ha dado un paso. ¡Brian, parece tan orgullosa de sí misma!

–¿Un paso? –sonrió e intentó imaginarse a la niña de piernas regordetas y temblorosas. Por un segundo pensó que hacía un mes, no hubiera soñado siquiera alegrarse por un hecho como aquél, pero enseguida se dio cuenta de que su vida ahora era distinta. Y mejor–. Dale un beso de mi parte.

–Lo haré –dijo Kathy, bajando la voz.

–Y, Kathy –dijo, mirando el páramo de hierba.

–¿Sí?

¿Qué iba a decirle? ¿Date otro beso a ti de mi parte? No. Los besos que tuviera que darle, se los daría en persona.

–Nada –dijo él suavemente.

–Ah, de acuerdo –dijo Kathy–. Te veré... cuando sea.

–De acuerdo y gracias.

–De nada.

Apagó el teléfono, se volvió y se lo tendió a Jack, que lo tomó sin decir nada. Brian quiso darle las gracias por ello. No parecía que estuviera preparando ninguna broma.

–No he podido evitar oírte –dijo Jack.

Tenía que haber sabido que aquel hombre no podía mantener la boca cerrada.

–¿Ah, sí?

–¿Maegan ha empezado a andar?

Sorprendido de que su comentario no hubiera sido sobre Kathy, Brian se volvió para mirar a su amigo. Jack tenía en el rostro una sonrisa comprensiva, y Brian asintió.

–Casi un paso completo –dijo, y notó el orgullo en su voz. Alucinante. Tres semanas antes se hubiera reído si alguien le hubiera contado que se convertiría en un orgulloso padre en menos de un mes.

–Chico, Angela empezó a andar hace dos meses. Estaba más orgulloso que si me hubieran nombrado general.

Brian asintió. Normalmente su sonrisa tenía cierto tono de indulgencia cuando Jack hablaba de su preciosa mujer y su brillante hija, y se decía a sí mismo que Jack ni siquiera se había dado cuenta de que era un hombre atrapado.

Ahora él estaba casi en el mismo barco y empezaba a darse cuenta de que la palabra «atrapado» no era la más apropiada para describir su situación. Nadie podía imaginar que Brian Haley, el rey de las relaciones cortas, se iba a enamorar tanto de su hijita y fuera a sentir tanta pasión por una mujer con la que no había salido ni una vez.

–Entonces –preguntó Jack, manteniendo un tono de voz neutro–, sigamos con el tema. En *strike* dos, bateaste pero no le diste a la bola, ¿no?

Brian hizo una mueca y se paró a pensar. La había besado, y eso no era un fallo total. Pero no le había conducido más que a la más profunda de las frustraciones, que se había aferrado a su pecho desde que ella cerró la puerta y se negaba a abandonarlo. Por fin dijo:

–Bola mala. Alta y sin fuerza.

Jack asintió con cara de sabiduría.

–Entonces todo lo que tienes que hacer es enderezar el tiro.

–No –repuso Brian, sacudiendo la cabeza–. Lo primero será que me deje batear de nuevo.

–Lo harás –Jack se volvió a mirar a los chicos–, pero primero tienes que salir de este terreno y volver al terreno de juego.

Era cierto. No iría a ningún lado hasta que no

aparecieran las gafas. Soltó un suspiro y echó a andar en dirección hacia donde estaban sus chicos.

—Malditos soldados —murmuró.

Jack se echó a reír.

Unos suaves golpes en la puerta despertaron a Kathy a las dos de la mañana.

Ella saltó del sillón donde se había quedado dormida, sacudió la cabeza para parecer más despierta y abrió la puerta. Lo primero que vio fueron los ojos azules de Brian. Parecía agotado... pero tan guapo.

—Lo siento, es muy tarde —empezó a decir.

—No te preocupes —dijo Kathy, dejándole pasar al piso—. Pero, ¿por qué no dejas aquí a Maegan? Está completamente dormida y no merece la pena moverla, ¿no?

Él tomó aire y asintió.

—Tienes razón. Gracias.

Él se pasó una mano por la cara y Kathy se compadeció de él. Podía imaginarse lo que era caminar de noche, buscando algo en la oscuridad.

—Vamos —dijo, conduciéndolo a la cocina.

Lo obligó a sentarse en una de las sillas de la diminuta mesa y le dijo:

—Relájate, te haré algo de comer.

Su sonrisa le provocó un calor interno, y Kathy se dijo que era ridículo conmoverse por tan poco.

—Suena genial —dijo él, poniendo los dos codos sobre la mesa para apoyar la cara en las manos.

Mientras ella daba vueltas por la cocina, le hizo preguntas sobre la noche, dejándolo hablar. Para cuando el sándwich y el plato de sopa estuvieron listos y delante de él, la historia estaba llegando a su fin.

–Por fin encontramos las gafas en unas piedras en las que el idiota se había sentado. Las había dejado a su lado y se olvidó de recogerlas cuando la tropa empezó a marchar de nuevo.

Kathy se sentó frente a él.

–Apuesto algo a que no volverá a hacer algo así en mucho tiempo.

–Oh, por favor, espero que no –atacó la sopa primero–. No me había dado cuenta del hambre que tenía –dijo, empezando con el sándwich.

–¿Quieres beber algo? –preguntó ella, tomando el plato para servirle más sopa.

–Si tuvieras una cerveza, serías mi diosa.

Ella rió, disfrutando de la calma de la noche y del hombre que miraba cada uno de sus movimientos.

–Entonces ya puedes ponerte de rodillas, sargento –dijo, sacando una lata de cerveza de la nevera.

–Eh, no debo acostumbrarme a esto. Eres mi diosa de la comida.

Ella apretó los puños y mantuvo la voz baja.

–Todas las mujeres merecen que las adoren de vez en cuando.

Él abrió la cerveza, tomó un largo trago y casi ronroneó de placer.

–Cariño, considérate adorada.

Su voz parecía acariciarle cada terminación nerviosa a Kathy. Luchando para seguir respirando, con normalidad dijo:

–Acábate la cena y yo iré a ver a Maegan.

Brian asintió y se volcó en el segundo plato de

sopa. Sabía que era de lata, pero a él le supo como la mejor sopa casera del mundo y la cerveza le pareció vino bueno. Después de la noche que había pasado, aquello le parecía demasiado bueno para ser verdad. Si aquello hubiera pasado un mes antes, hubiera llegado a su apartamento vacío, se hubiera tumbado sobre su cama y se hubiera quedado dormido y hambriento.

Además, mirar a Kathy desde el otro lado de la mesa, con el pelo revuelto y los ojos adormilados, por no hablar del camisón azul, estaba despertando en él otro tipo de hambre. La misma que lo había estado devorando desde hacía más de un mes.

Dándole vueltas a sus pensamientos, se acabó el sándwich en el momento justo en que ella volvía de ver a Maegan.

–Dormida como un bebé –dijo con una sonrisa.

–Bien –dijo, y notó el cansancio en su voz. Se sentía como si lo hubieran clavado a la silla y no sabía cómo iba a reunir energías para cruzar el pasillo y llegar hasta su piso.

–Ven conmigo –dijo ella en voz baja, y Brian la miró ofrecerle una mano. Él la aceptó y la siguió hasta la sala, donde ella casi lo empujó sobre el sofá–. Siéntate y relájate un segundo.

Él le sonrió y vio como la luz de la lámpara parecía coronarla con un halo dorado.

Ella se sentó en un sillón frente a él con el codo apoyado sobre el brazo del sofá, apoyando la cabeza sobre la mano.

–¿Estás mejor? –preguntó ella.

–Tal vez lo consiga –dijo, mientras su mirada se perdía en el lugar en que su camisón se abría ofreciéndole la adorable perspectiva de uno de sus pechos empujando la suave tela.

Su cuerpo se puso tenso, pero sabía que estaba demasiado cansado como para completar el trabajo, incluso si ella se lo hubiera propuesto, cosa que dudaba.

Una pena. Tenía la sensación de que Kathy y él juntos producirían fuegos artificiales. Cerró los ojos al pensarlo, y aunque intentó volver a abrirlos, aquélla era una batalla perdida.

Kathy sonrió al verlo. Le resultaba muy difícil definir sus sentimientos por aquel hombre. Hacía sólo un mes, lo evitaba como si hubiera sido una plaga, pero ahora juntos en mitad de la noche, lo miraba dormir con un cariño que no hubiera imaginado.

Pero ella ya sabía que era más que eso. Había disfrutado esperándolo, haciéndole la cena y verlo devorar, agradecido. Le había gustado cómo sonaba su voz en el piso silencioso.

Brian Haley se estaba convirtiendo en mucho más de lo que ella creyó cuando lo conoció; no sólo era un apuesto *marine* con una maquinaria de ligar bien engrasada, sino que también era amable, comprensivo, dulce y paciente con la niña que había invadido su vida y su corazón. Y por encima de todo eso, era tan terriblemente sexy que se había convertido en la estrella de todos sus sueños.

Era un error sentir aquello por él, y ella lo sabía, pero no podía evitarlo. Su sonrisa, su voz y su tacto ya se habían abierto paso hasta su corazón, y no sabía cómo hacerlo salir de allí.

Suspirando, se levantó y fue hacia el sillón. Le levantó las piernas, colocó un cojín bajo la cabeza y le acarició el pelo. Dormía profundamente, probablemente estaba demasiado cansado para darse cuenta de dónde estaba. Ella tomó la manta que había tejido ella misma, la abrió y se la echó por encima, cubriéndolo desde la barbilla a las botas y se preguntó si debía quitarle estas últimas. En aquel momento, ella sintió que la tomaba la mano.

Al instante, una oleada de calor invadió sus sistemas.

Sin aliento, pensó en si alguna vez se acostumbraría al efecto que él tenía sobre ella.

Kathy lo miró, pero aún tenía los ojos cerrados. Él tiró de su mano, para atraerla hacia sí.

Márchate ahora; vete a tu cuarto y cierra la puerta, se dijo a sí misma, pero no hizo nada de eso. Kathy se sentó al borde del sofá mirando sus manos entrelazadas. Sus dedos eran tan fuertes y sin embargo, sus caricias, tan suaves. Empezó a notar el calor del cuerpo de Brian y su corazón se volvió loco cuando él la acarició el dorso de la mano con el pulgar.

Aún más dormido que despierto, Brian volvió a tirar de ella, acercándose más al respaldo para hacerle hueco a su lado.

Su mente no paraba de enviarle señales de peligro.

Y por una vez, su corazón triunfó sobre su cabeza y Kathy se tumbó a su lado. Él murmuró algo en sueños que ella no consiguió comprender y después la atrajo hacia sí, rodeándola con el brazo.

Conteniendo el aliento, Kathy casi estaba esperando el paso siguiente: que la acariciara, que la sedujera y la llevara a hacer el amor que ambos habían deseado desde hacía tanto tiempo. Una parte de ella sabía que esta vez no podría resistirse, pero aquel movimiento esperado no llegó y al cabo de unos instantes, Kathy aceptó lo que él podía ofrecerle y se relajó a su lado.

Utilizando su amplio pecho como almohada, y arropada por sus brazos, Kathy se sintió bien. Con una niña dormida en la habitación de al lado, una débil luz en una esquina y un universo estrellado al otro lado de la ventana.

De algún modo, aquella cercanía era más íntima aún que el sexo, pensó ella. A su lado, se olvidó de todas sus preocupaciones y miedos, y por una vez, se dejó abrazar.

Capítulo Ocho

Kathy se dio la vuelta en el sofá para que no le diera la luz del amanecer en los ojos. No parecía tener mucho sitio, y medio en sueños, intentó estirarse.

Su mano chocó con la barbilla de Brian, y cuando él emitió un gruñido, ella se apartó, sorprendida. Con los ojos bien abiertos, lo miró mientras la rodeaba con los brazos, justo a tiempo para evita que se cayera del sillón. ¿Cómo podía haber olvidado dónde se había quedado dormida la noche anterior?

Él parecía tan sorprendido como ella, pero después sus ojos se dulcificaron y una suave y seductora sonrisa se dibujó en sus labios. Era el Sargento Sonrisas.

—Buenos días —susurró él, acariciándole la espalda.

Ella sabía demasiado bien que tenía que poner distancia entre ellos pero una voz en su interior le decía que ya era demasiado tarde para eso. Y, además, no le importaba demasiado, por lo menos en aquel momento, cuando aquellas caricias parecían hacerla despertar más rápido que el más potente de los cafés que había tomado nunca.

—Buenos días —respondió ella, moviéndose bajó sus caricias como un gato agradecido.

La pierna derecha de él seguía entre los muslos de ella, sus pechos contra su pecho. Él se movió para abrazarla mejor y ella notó una tentadora sensación en los pezones.

Aquello estaba demasiado bien, se dijo a sí misma cuando una de sus manos se deslizó bajó el camisón para acariciarle la espalda desnuda. Sus dedos recorrían su piel con la mayor delicadeza, pero haciendo saltar chispas tras de sí.

–He deseado despertar de este modo durante mucho tiempo –dijo él, y ella escuchó su voz profunda, que la arropó como una manta.

–Brian –dijo ella, y no supo si lo que vendría a continuación sería un «no» o un «sí», pero no importó, porque él apretó sus labios contra los de ella sin darle oportunidad de rechazarlo.

No hubo nada de dulzura en aquel beso. Era hambre, pura necesidad, como si hubiera estado semanas sin comer, así que tomó su boca como si le ofrecieran un banquete. Su lengua se deslizó dentro y fuera de ella, con un ritmo que despertó el mismo ansia en ella.

Él le tomó la cabeza con una mano, y ella se sintió protegida, segura en su fuerte abrazo. Kathy se agarró a sus hombros y lo siguió en el movimiento de la lengua, conquistándolo y dejándose conquistar. Él gimió y ella sonrió para sí ante la sensación de poder femenino que la recorrió.

Ella deslizó las manos desde los hombros al pecho y, a través de la camiseta, pudo notar aquellos músculos definidos que había admirado otras veces. Pero no era suficiente: necesitaba sentir el tacto de su piel, rasgar su carne con sus uñas.

Mientras su boca seguía atormentándola, ella

introdujo las manos bajo la camiseta y al tocarlo, sintió que su cuerpo se contraía.

–Cariño –murmuró él mirándola–, me haces sentir cosas con sólo tocarme que no hubiera creído posibles.

Ella inhaló y dejó sus dedos correr sobre su cuerpo hasta que encontró sus pequeños pezones. Él la abrazó con tanta fuerza que ella pensó que se rompería.

Él se movió para colocarse sobre ella en el estrecho sillón. La miró y su mirada recorrió su cuerpo tan lentamente, que ella entró en calor inmediatamente. A continuación, él empezó a quitarle el camisón, lentamente, dejando su piel expuesta a sus ojos centímetro a centímetro.

Kathy se encogió bajo él; le encantaba sentir el peso de su cuerpo sobre ella, pero cuando se incorporó para buscar su boca, él la detuvo.

–Ahora no.

Y mientras ella lo miraba, él bajó la cabeza hasta sus pechos y su lengua empezó a dibujar círculos sobre sus pezones. Ella tembló con la sensación y tuvo que morderse un labio para no gemir en alto.

Pero cuando él tomó primero uno y después el otro pezón en su boca, ella perdió la batalla y gimió sin remedio. Una y otra vez, él acarició su piel con suaves caricias de su lengua y de sus dientes. Kathy se arqueó y consiguió atraparlo por los hombros, como si buscara algo que la estabilizara en aquel torbellino.

Él empezó a chupar, una y otra vez, calentándola por encima del punto de ebullición. En su interior, algo palpitante empezó a crecer y ella comenzó a balancearse siguiendo su ritmo.

Él parecía saber lo que ella necesitaba porque siguió torturándola con la boca y bajó la mano por su abdomen hasta la banda elástica de sus braguitas. Ella deseaba, necesitaba que la tocara, que calmase la palpitación que se había establecido con fuerza en su centro.

Y como si pudiera leerle el pensamiento, bajó la mano para acariciar su calor. Ella gimió y se apretó más contra su mano. Era demasiado... pero no lo suficiente. Quería que la tocara de forma más íntima, que hundiese sus dedos en su húmedo interior. Quería sentirlo dentro de su cuerpo. Y lo quería ya.

—Brian —susurró ella, levantando las caderas mientras él acariciaba la tela de sus braguitas sobre el punto más sensible de su piel—, necesito...

Él besó una vez más uno de sus pezones antes de levantar la cabeza para encontrarse con su mirada.

—Ya sé lo que necesitas, Kath. Yo lo necesito también.

—Oh, gracias al cielo —dijo con una carcajada ahogada—. Creía que era la única.

—Ni lo sueñes, cariño —dijo él con su sonrisa más seductora—. Estamos en esto juntos y vamos a estar aún más juntos de lo que lo estamos ahora.

Ella lo miró a los ojos mientras él le quitaba las bragas. Kathy se pasó la lengua por los labios temblorosos, expectante ante qué vendría después.

No tuvo que esperar mucho rato.

Brian se levantó, se quitó la ropa en un segundo y volvió a ella. Estaba caliente cuando la cubrió con su cuerpo musculoso. Caliente y fuerte. Pudo sentir cada centímetro de músculo sobre ella y lo miró a los ojos mientras él se retiraba para arrodillarse entre sus piernas.

De repente, él se quedó como paralizado, con una tensa expresión en el rostro.

–¿Qué pasa? –preguntó ella, deseando que no se estuviera arrepintiendo de aquello. Si la dejaba en aquel estado de agitación, tendría que matarlo.

Él le acarició las piernas y ella tembló por la sensación.

–No podemos hacerlo.

Ella tardó unos segundos en asimilar lo que él acababa de decir.

–¿Por qué no?

Otra vez la sonrisa burlona.

–Porque, aunque no te lo creas, cariño, no me paseo por ahí con una caja de condones en el bolsillo esperando que sea mi día de suerte.

Condones.

Era idiota. Ni siquiera había tenido en cuenta la protección.

–¿Tú no tendrás, por casualidad? –preguntó él, esperanzado.

Ella sacudió la cabeza.

–No los he necesitado mucho, la verdad.

Brian asintió.

–Aunque no lo creas, una parte de mí se alegra mucho al oír eso, y la otra está... decepcionada

Kathy sintió que su cuerpo se tensaba como un arco. ¿A quién iba a pasarle algo así más que a ella? Después se acordó de una cosa.

–Si estás preocupado sólo por el embarazo...

–¡Sólo! Te recuerdo que tenemos la prueba viviente en la habitación de al lado, de lo que pasa cuando no se preocupa uno por esas cosas.

–Estoy tomando la píldora –ofreció ella, acercándose más a sus incesantes caricias–. Para regular mis periodos –añadió, como si eso fuera asunto suyo.

–Hum... –estaba pensando y ella podía ver la chispa de esperanza que surgió en sus ojos–. ¿Aceptas mi palabra de que estoy sano?

En aquel momento, ella se creería todo lo que le dijese, aunque fuera que la noche era el día.

–¿Has dicho que nunca rompes tu palabra, verdad?

–Verdad.

–¿Me das tu palabra de que todo va bien?

–Sí –dijo él, con solemnidad, mirándola como si deseara encender un fuego en sus ojos.

–Entonces te creo, y –añadió–, para tu información, yo también estoy sana.

–Gracias al sistema del honor –dijo él.

Ella rió.

Después, siguiendo donde lo habían dejado, él bajó una mano hasta su centro, acarició la sensible piel entre sus muslos hasta que Kathy creyó que iba a perder la cabeza. Ella columpió sus caderas adelante y atrás para hacerlas chocar contra su manos.

–Quiero estar dentro de ti –dijo él–. Sentir cómo me rodeas. Te deseo desde el momento que nos conocimos, Kathy.

Ella lo sabía. Lo había sabido todo el tiempo y ahora por fin tenía que admitirlo.

–Yo también te deseaba –dijo ella, mirándolo a los ojos azules–. Desde la primera vez que me miraste deseé que pasara esto.

Él apretó con fuerza los dientes.

–Ojalá lo hubieras dicho antes.

Él hundió un dedo en sus profundidades.

–Oh, yo también –dijo ella, y se abrió para él.

Una y otra vez, la manipuló con los dedos, llevándola más y más lejos hasta que casi no pudo respirar. Sabía que él la estaba observando mientras la excitaba, pero no le importaba. Kathy quería que supiera lo que le estaba haciendo, que sintiera lo que ella necesitaba.

Y cuando pensaba que no podía llegar más lejos, que no podía acercarse más al borde sin caer al abismo, él retiró la mano y unió su cuerpo con el de ella.

Brian entró despacio, a pesar de la prisa rugiente de su torrente sanguíneo. Estaba envuelto en las llamas del deseo y no podía dejar de temblar por lo mucho que la necesitaba. Pero quería saborear aquella unión, deleitarse en lo maravillosa que era.

Apartando un poco más los muslos de ella, él entró un poco más lejos en su calor. Dejó caer la cabeza hacia atrás y se dejó disfrutar del lento y suave calor que le daba la bienvenida a su cuerpo. Ella levantó las caderas y gimió. Él sabía lo que ella sentía, porque él lo sentía igual, por primera vez en su vida.

Nunca había tenido sexo como aquél. Ella lo tocaba en lugares que nunca habían existido para él. Abrió los ojos y vio aquellos ojos oscuros que lo reclamaban del modo más elemental posible, con tanta ansiedad. Era como si por fin hubiera llegado al hogar, y como si su hogar fuera el estar con aquella mujer.

Ella hizo una mueca cuando él entró completamente, y aunque no le resultó fácil, consiguió detenerse para preguntarle:

—¿Estás bien?

Kathy asintió compulsivamente y movió las caderas con cuidado.

–Nada. No... pares...

–Lo que tú digas, cariño –dijo, antes de levantarse sobre ella, soportando su peso en una mano y apoyando la otra sobre el respaldo del sofá.

Después la magia lo inundó y se entregó a ella. El aliento de Kathy le acariciaba la mejilla y sus uñas le arañaban la espalda. Sus talones se hundieron más en la parte posterior de sus muslos y se arqueó más y más.

Él le dio todo lo que ella quería, todo lo que necesitaba y después le dio más aún.

Una y otra vez se retiró y avanzó, moviéndose con un nuevo ritmo que respondía a algo más que a la necesidad física. Estaba notando la familiar escalada final. Él quería ver como ella descubría el placer y quería verlo reflejado en su cara. Esa vez quería dar más que recibir.

Y cuando el primer clímax le llegó, él sintió el impacto que sintió su cuerpo bajo él. Brian apretó los dientes para resistir contra la oleada final que empezaba a surgir en él, así que intentó mantener el control que le quedaba; quería hacerlo durar, llevarla a las alturas a las que nunca otro hombre la había llevado antes.

Cuando ella se hundió en el sofá, derrotada, con una dulce sonrisa en la cara, él se retiró un poco y ella abrió los ojos para mirarlo.

–Ha sido –se detuvo a tomar aliento–, ha sido alucinante.

–Hay más –prometió él.

–Imposible.

Él la tocó en la ya sensible piel e hizo que la recorriera un escalofrío.

–Brian...

–Más –dijo él, luchando por controlarse.

Le dolía todo el cuerpo, se moría por estallar con ella, pero aún no podía.

Le acarició con el pulgar en el centro y sonrió cuando ella saltó a sus brazos para agarrarse a él.

–Oh, oh...

–Tómalo Kathy –susurró él, llevándola con sus caricias a un estado febril–. Otra vez, cariño –la apremió.

–Es demasiado –consiguió decir ella.

–Nunca es demasiado –le aseguró él.

Su cuerpo estaba tan excitado que el placer no tardó en llegar por segunda vez.

Ella se agarró a los cojines del sofá, con la cabeza echada hacia atrás y gimiendo y temblando por el nuevo placer.

–Brian... –casi gritó cuando empezó a caer en la inconsciencia.

–Estoy aquí, cariño –dijo él, y empujó para llegar a casa, a su cálida bienvenida.

Con unos pocos golpes, él alcanzó las alturas a su lado, a tiempo para flotar de vuelta hasta la tierra seguro en los suaves brazos de ella.

Se quedaron en silencio unos minutos que les parecieron horas. A Kathy le encantaba sentir el calor y la solidez de su cuerpo sobre ella, la presión de su carne contra la de ella.

Y estaba realmente impresionada con su primer trago de intimidad sexual.

Antes de que pudiera pensárselo dos veces, murmuró:

–Nunca pensé que fuera así.

–¿Humm?

–Quiero decir que lo había leído en libros, lo había visto en las películas, había escuchado a mis amigas hablar de ello, o sea que sabía de qué trataba el asunto –se detuvo y rió–. Pero ha superado todas mis expectativas.

Brian se incorporó sobre un codo y la miró. ¿Por qué no parecía tan complacido y relajado como lo estaba ella?

–¿Qué quieres decir con eso de que lo habías leído en libros?

Ella rió y le acarició un hombro. Era sorprendente cómo un cuerpo podía tener tantos músculos.

–Ya sabes –dijo ella–. Libros sobre el sexo, novelas románticas... Y –añadió–, he de decir que las novelas románticas son lo más parecido a la realidad que cualquier otra cosa.

Brian se aclaró la garganta y se separó de ella. Kathy gimió por su ausencia.

–¿Estás intentando decirme que eres virgen? –preguntó, incrédulo.

–¿Quieres decir que no te has dado cuenta? –ella lo miró y sonrió aún más–. Es lo más bonito que me han dicho nunca.

–Eres –repitió él, incrédulo–, eres virgen.

–Ya no, gracias.

–¿Por qué no me lo has dicho?

–No parecía tener importancia.

–No parecía –sacudió la cabeza y se retiró a sentarse al otro lado del sofá–. ¿Cómo no iba a ser importante?

Sintiendo que su cercanía estaba tocando a su fin, Kathy se sentó en su esquina y levantó del suelo la manta. Se cubrió con ella y dijo:

–Yo no te he preguntado con cuántas mujeres te has acostado, ¿o sí?

–No, pero eso es distinto.

–Entonces, ¿si hubieras sabido que era virgen no hubiera pasado nada de esto?

Él la miró, travieso.

–Cariño, ya lo creo que hubiera pasado, pero hubiera sido diferente.

–Entonces me alegro de que no lo supieras, porque no hubiera cambiado nada –dijo ella.

–Increíble –murmuró él, y se puso los calzoncillos y los pantalones del uniforme–. En tu primera vez, te arrollan sobre un estrecho sofá y piensas que es genial.

–¿Te sentirías mejor si te dijera que no me ha gustado nada? –dijo ella, resentida de cómo le estaba robando el halo de placer que había sentido hacía tan sólo un momento.

–Me hubiera gustado saberlo para hacerlo...

–¿Mejor? –acabó ella por él.

Brian la miró y fue como si atravesase la manta hasta su piel.

–Cariño, no hubiera podido ser mucho mejor que lo que ha pasado.

Ella se llenó de satisfacción.

–¿Y cuál es el problema?

Él se levantó y ella pudo observar todos los músculos de su espalda mientras él se dirigía a la ventana. El amanecer empezaba a rayar el cielo de malvas y violetas.

–Hubiera sido más cuidadoso –dijo él con suavidad–, más dulce. Más... no sé... más «algo».

Su corazón se hinchó de gozo. Él se preocupaba por ella. Quería que fuera feliz y quería cuidarla. Como un rayo, por la mente de Kathy pasó la idea de que ella también se preocupaba por él. ¿Cuándo había pasado eso? ¿Cuándo había empezado a albergar todos aquellos maravillosos sentimientos por el Sargento Sonrisas? Ella no quería pensar en él, quería mantenerlo a una distancia prudencial, prudencial para su corazón.

Pero de algún modo había conseguido sortear sus defensas y ahora, ella no quería tener que admitir lo importante que se había convertido para ella.

Ella se levantó del sofá, aún cubierta por la manta, y cruzó la habitación hasta llegar a su lado.

–Ya soy mayorcita, Brian –dijo ella en voz baja.

Él esbozó una media sonrisa.

–Créeme, me he dado cuenta.

Ella apretó los labios y disfrutó del cumplido implícito de aquellas palabras.

–Sabía lo que estaba haciendo y con quién lo estaba haciendo.

–Sí, pero...

–No hay peros que valgan –interrumpió ella.

Pronto tendría que empezar a pensar que iba a hacer con el hecho de que, cielos, «amaba» a Brian Haley. Pero por ahora era bastante con estar a su lado y sentir su abrazo cuando ella dio un paso adelante.

–Kathy... –dijo él, dándole un beso en la frente. Ella intentó prepararse para lo que vendría a continuación, aunque deseaba que no dijera nada.

Pero el destino se adelantó en la forma de grito de Maegan, diciendo: «Estoy despierta y hambrienta. ¿Nadie va a hacerme caso?».

Kathy sonrió por la interrupción y aprovechó la oportunidad para recoger la bata que había quedado abandonada en el suelo hacía sólo unos fantásticos y gloriosos minutos. Dejó la manta sobre el sofá, se colocó la bata, anudándose el cinturón de seda y, con Brian tan sólo unos pasos tras ella, se dirigió a la habitación.

En el parque, Maegan, con ojos lagrimosos pero carita sonriente, los esperaba de pie. Tenía el suave pelo castaño revuelto y la cremallera del pijama de una pieza bajada hasta la barriguita.

–¡Hola! –dijo la niña con orgullo. Le encantaba utilizar su extremadamente limitado vocabulario.

–¡Hola, preciosa! –dijo Kathy, corriendo hacia ella, que la esperaba con los brazos levantados para que la tomara en brazos.

La niña sonrió a Kathy y ella pudo oler el aroma mezcla de talco y leche que siempre asociaba a la niña. Brian se puso a su lado, y Maegan lo sonrió, disfrutando de su atención conjunta.

Con la niña bien cerca de su cuerpo y la presencia y fortaleza de Brian tras ella, Kathy se sintió profundamente feliz y se dio cuenta de que, a pesar de sus planes, estaba profundamente enamorada del hombre y de su hija.

Brian alargó la mano para acariciarle a Maegan la mejilla, y mientras lo hacía, susurró:

–Tenemos que hablar, Kathy.

–Más tarde –dijo ella, apretando con más fuerza a la niña contra su cuerpo.

Tenían que hablar, de muchas cosas, pero ya había decidido que primero tendría que pensar bien sobre ello.

Capítulo Nueve

—Creo que estoy en un lío tremendo —confesó Kathy, alargando la mano para tomar su copa.

—Ese sí que es un buen principio para una conversación —dijo Tina, cruzando los brazos sobre la mesa—. Explícate.

¿Cómo iba a explicar lo que ni siquiera ella misma podía entender? Se llevó el vaso a los labios y bebió. El hielo de la bebida no consiguió calmar el calor de su cuerpo. O mejor dicho, las llamaradas que la consumían. Con sólo recordar cómo había empezado el día, sentía una erupción volcánica en su interior que dejaba pequeña la del Monte Santa Helena.

Sintió que el calor le subía hasta las mejillas, e intentó ocultarse de la mirada demasiado inteligente de Tina. Mientras intentaba controlar sus hormonas, echó una mirada alrededor de su restaurante mexicano favorito. Estaba decorado con colores brillantes: amarillos, naranjas y verdes, y las mesas estaban decoradas con flores frescas. En una esquina, un guitarrista solitario cantaba canciones de amor que flotaban sobre los comensales, imponiendo una atmósfera tranquila y relajante.

Relajación. ¡Ja! Esa sensación le había sido imposible de conseguir desde que Brian se había mudado al piso de enfrente.

–Vamos, suéltalo ya –le apremió Tina.

–No sé por dónde empezar –reconoció Kathy.

Tina se recostó sobre el respaldo de su asiento con la copa de cóctel margarita en la mano.

–Empieza justo por lo más interesante.

–Hemos hecho el amor en mi sofá esta mañana.

Tina estuvo a punto de atragantarse con la bebida. Empezó a toser y toser, sin aire en los pulmones. Kathy se levantó para darle palmaditas en la espalda hasta que Tina la mandó sentarse sacudiendo la cabeza.

–Estoy... bien –dijo, intentando encontrar el aliento necesario para seguir respirando–, pero tendrías que tener más cuidado y advertir a la gente antes de ir soltando esas cosas por las buenas.

–Lo siento –dijo ella, avergonzada. Kathy tomó un sorbo de su cóctel y murmuró–. No sé ni por qué te lo he dicho.

–Me hubiera sentido muy ofendida si no lo hubieras hecho –apuntó Tina, y se inclinó hacia delante, ansiosa por saber más–. Éstas son grandes noticias y me encanta que me lo cuentes, pero lo primero es lo primero. ¿Quién es el afortunado? ¿El *marine*?

–Justo.

Tina sonrió complacida.

–Detalles, Kath, detalles.

–Ha sido... –ella se detuvo, buscando la palabra más apropiada.

–¿Genial? ¿Magnífico? –intentó ayudar Tina.

Un millón de adjetivos no bastarían para describir una experiencia como aquélla. Sólo pensar en ello hacía que se le encogiese el estómago y que la boca se le quedase seca.

–Todo eso y más.

–¡Vaya! –dijo Tina y suspiró.

–¿Por qué te comportas como si tú no lo hubieras hecho nunca? –preguntó Kathy, un poco incómoda ante el obvio entusiasmo de Tina hacia su vida sexual–. Ya sé que tienes hijos.

Tina movió una mano en el aire y sonrió.

–Quiero a Ted, pero eso es sexo matrimonial. El tuyo es el sexo interesante.

Oh, cielos.

Kathy sacudió la cabeza. Tina se estaba perdiendo la parte importante de todo aquello. No se trataba del sexo.

–Hay algo más que el sexo –dijo Kathy en voz baja.

Tina pareció más interesada que nunca, con las cejas levantadas.

–¿Más?

–Creo que estoy... –se detuvo, sacudió la cabeza y empezó de nuevo. No tenía sentido decirlo si no iba a ser honesta, daba igual lo aterradora que fuera la situación–. No, no lo creo. Sé que estoy enamorada de él.

–¡Genial! –exclamó Tina, lanzando un puño al aire como si fuese una animadora del instituto.

Unas cuantas personas miraron hacia ellas y Kathy les dedicó una tímida sonrisa antes de fulminar a su amiga con la mirada.

–Te agradezco el entusiasmo –dijo–, pero guárdate los pompones.

–Oh, lo siento –dijo su amiga, pero sin parecer arrepentida–. ¡Éste sí que es un día glorioso! ¡Por fin estás enamorada! ¿Cuándo vamos a conocerlo Ted y yo?

Otro problema más. ¿Quería invitar a Brian a entrar en el resto de su vida? ¿Estaba lista para presentarle a sus amigos? ¿Para que la gente les considerara una pareja? ¿Cómo iba a hacer eso si no sabía lo que había entre ellos? No, sería mejor llevar aquello, lo que fuera, lo más en secreto posible, hasta que supiera de un modo u otro lo que iba a pasar.

Además, no estaba dispuesta a admitir ante Brian que lo quería. Aquello podía abrir la caja de los truenos, y aún no estaba dispuesta a asumir los riesgos. Y, con la facilidad para hablar de más de su amiga, ponerles a ella a Brian juntos en la misma sala no parecía una buena idea.

—Ya conozco esa mirada —dijo Tina, frunciendo el ceño—. Vas a quedártelo para ti sola, ¿verdad?

—No es tan sencillo.

—Claro que lo es. O lo quieres o lo estás utilizando por el sexo.

Las dos cosas eran verdad.

—Esto va en serio, Tina.

—Ya lo creo, y yo diría que más que eso.

—Sabía que dirías eso.

—Piénsalo, Kath. No sólo has abandonado las filas del club de vírgenes, sino que lo has hecho con el hombre al que amas. ¿Qué podía ser mejor que eso?

Cualquier cosa, diría ella. El sexo era una cosa, pero el amor era otra muy distinta. Cielos, ella había creído que Tina lo entendería mejor que nadie.

—Ya sabes lo que yo creo de todo esto —dijo ella—. Yo no quería enamorarme de nadie.

—Por lo de tu madre.

Ella lo decía como si no importase en absoluto.

–¿Vas a decirme que eso no es razón suficiente para salir huyendo de este tipo de líos?

–Sí.

Kathy dejó su copa en la mesita y se recostó en la silla con los brazos cruzados sobre el pecho.

–¿Cómo puedes decir eso? Mi madre es una novia compulsiva.

Tina rió ante la ocurrencia.

–Eso no quiere decir que tú vayas a serlo también.

–Desde luego que no –saltó ella–. No me voy a casar para no poder divorciarme y arruinar las vidas de mis hijos.

Tina la miró con franqueza.

–Kathy, no todos los matrimonios acaban en divorcio.

–No, sólo la mitad.

–Pues entonces quédate con la otra mitad.

–Buena idea, pero supongo que eso es lo que piensan todos los que se casan.

–Desde luego, pero esto no es sólo cuestión de suerte –dijo Tina, mirando a Kathy a los ojos–. El matrimonio no es algo fácil; nada que merezca la pena lo es. Tienes que trabajártelo cada día, querer que dure y entregarle todo lo que eres. Muchos divorcios se producen porque la gente se cansa de luchar.

–Ya lo sé, pero hay gente como vosotros. Ted y tú. Vosotros no tenéis que luchar para estar juntos.

–¡Ja! ¿Acaso crees que me llegó tal como es ahora? Lo que ves es el resultado de un entrenamiento, del mismo modo que él me ha entrenado a mí. Ahora, la mayor parte de los puntos conflictivos han desaparecido, pero no todos.

Kathy no podía imaginarse a Ted y a Tina teniendo conflictos. Eran la pareja perfecta y su matrimonio estaba basado en la amistad.

–Otro mito roto en pedazos.

–¿Qué quieres, los mitos o la realidad?

–El mito –admitió Kathy.

–Le das demasiadas vueltas a todo esto –dijo Tina con una suave sonrisa–. Lo que debías estar haciendo es sentir. Si lo amas, no huyas de él.

–Pero no hay ninguna garantía de que vaya a salir bien –dijo ella, bajando la mirada.

–Cariño, nada está garantizado. Incluso puede caer un meteorito sobre este restaurante y dejarnos pulverizadas.

–¿Y qué opciones hay de que pase eso? –sonrió Kathy.

Su amiga se encogió de hombros.

–Eso da igual. El caso es que todo puede pasar. Posible pero no probable. Mientras, el matrimonio era un riesgo real, lo mirases por donde lo mirases.

–Además hay otra cosa –dijo ella.

–¿Qué es?

–Toda nuestra relación está basada en su necesidad de ayudar a Maegan.

–Tú quieres a la niña, verdad.

–¡Oh, claro que sí! –estando con Maegan se sentía madre de verdad. La niña se había convertido en una parte muy importante de su vida y al pensar en no verla crecer, no estar con ella el primer día de clase, en su primera cita, su primer baile, se le rompía el corazón. Si se apartara de Brian, se estaría apartando de la niña, también–, pero eso no sustenta una relación.

–Ha habido bases peores. Además, tal vez haya empezado así, pero...

–¿Pero, qué? –dijo Kathy, sacudiendo la cabeza con fuerza–. Nada ha cambiado en realidad. Yo sigo cuidando de Maegan, él va a trabajar, vuelve a casa, la recoge y...

–Hacéis el amor en el sofá –añadió Tina.

–Una vez –dijo Kathy, y después se corrigió–. Bueno, dos.

–¿Dos? –Tina suspiró de nuevo–. Eh, tienes que estar muy enamorada de ese tío.

–Y ése es el problema, ¿no te parece?

–En realidad, no. Lo tienes increíblemente fácil –Tina levantó dos dedos y los fue bajando según hablaba–. Uno, agarras a ese *marine* y disfrutas de lo que has encontrado.

–¿O?

–O le das la espalda al amor y a cualquier oportunidad de ser feliz por lo que podría haber pasado.

–Me gustaría recordarte que dentro de menos de una semana asistiré en Las Vegas a la sexta boda de mi madre.

Tina sonrió.

–Es sorprendente cómo una mujer tan decidida a encontrar el amor ha podido criar a otra tan decidida a esconderse de él.

La camarera llegó con su comida y después de servirles las enchiladas, arroz y frijoles, las dejó donde estaban.

–No sé qué hacer –reconoció Kathy.

Tina le dio golpecitos en la mano.

–Hazme un favor. Por una vez en tu vida, Kath, hazle caso a tu corazón y no a tu cerebro.

106

Y su amiga empezó a comer. Kathy pensó en lo que había dicho. Estaba tan tentada, tanto, pero sabía que su corazón sólo la conduciría al sitio que tanto había temido: amor y matrimonio. Y no estaba completamente segura de arriesgarse a ello.

Brian salió una vez más al pasillo buscando signos que le indicaran que Kathy había llegado a casa. Pero todo estaba en calma, demasiado en calma.

Maegan, sobre su cadera, parecía haberse contagiado de su mal humor y empezó a resoplar: signo seguro de que lo que venía a continuación sería un festival de llantos.

Automáticamente, la balanceó ligeramente, dándose cuenta de que en las últimas dos semanas se había vuelto bastante bueno con los bebés. Y eso por no hablar de cómo había perdido la cabeza con su hija. Sonrió al mirarle la cara tan gordita. ¿Era cosa suya o era realmente preciosa?

Como respuesta, Maegan arrugó el ceño y empezó a gritar.

—No pasa nada, cariño —susurró él—. No hay nada de lo que preocuparse. Kathy estará pronto en casa.

Ella se frotó los ojos con las manos y apoyó la cabeza en su hombro.

—Estás cansada, ¿verdad? —preguntó, entrando en su piso—. Bueno, creo que puedo ocuparme de ti.

La llevó a la cocina, sacó un biberón de leche de la nevera y echó un vistazo al interior de la misma. Los estantes que solían albergar unas cuantas latas de cerveza y lo justo para hacer unos sándwiches, estaban ahora a rebosar de tarros de comida infantil, leche y cosas sanas como verdura y fruta.

–Muchos cambios en dos semanas –susurró él, dándose cuenta de que aquello había afectado a algo más que a su nevera. Ahora era padre, y sentía una pasión hasta entonces desconocida. Cuando le vino a la mente la palabra «pasión», se dio cuenta de que no sabía cómo describir lo que sentía, pero estaba seguro de que no era sólo una cuestión hormonal.

Deseaba a Kathy, no había duda alguna al respecto, pero además disfrutaba hablando con ella. Le gustaba mirarla mientras tenía a la niña en brazos y se sentía bien al volver a casa después de un largo día de trabajo para ver su sonrisa.

–Ha superado mi perímetro de seguridad –murmuró.

Le hubiera gustado que aquello fuera una de tantas aventuras como había tenido, pero lo que había conseguido iba más allá. Era tanto que no estaba seguro de si estaba preparado para definirlo, incluso para sí mismo.

Maegan le dio un golpe en la mandíbula con su puñito, como si quisiera recordarle que la leche no se calentaba sola.

–De acuerdo –dijo él, asintiendo–. Primero los problemas de la hija, luego nos ocuparemos de los del padre –metió el biberón en el microondas–. Qué maravilla de aparatos.

Mientras la leche se calentaba, sentó a Maegan sobre la encimera sujetándola para que no se cayera. La niña empezó a dar golpecitos con los pies en el mueble que había debajo, indicándole que su paciencia estaba llegando al límite.

—No es sólo el biberón lo que quieres, ¿verdad? —preguntó él—. Seguro que tú también echas de menos a Kathy.

Brian le acarició el pelo y la espalda.

La niña hipó.

—Se ha convertido en tu madre, ¿verdad? —tenía que haberse dado cuenta de que Kathy se convertiría en alguien tan importante para la niña como él. Por supuesto que Maegan la echaba de menos; Kathy era la verdadera constante en su vida. Él iba y venía, pero ella era a la primera que veía por la mañana y la última de quien se despedía por la noche. Excepto los fines de semana, que los habían pasado con Kathy, de todas maneras.

—Nos hemos quedado pillados. ¿Verdad, Mae?

La niña le respondió con otro resoplido, justo en el momento en que el microondas pitaba. Él tomó el biberón, a la niña y fue a sentarse en el sillón mientras ella se tomaba su cena y él dejaba volar sus pensamientos hacia Kathy otra vez, su pasatiempo preferido, últimamente.

—Tenía una cita —dijo él con cierta amargura—. Está por ahí con otro tío a pesar de lo que ha pasado entre nosotros esta mañana.

Maegan, concentrada en su comida, lo ignoraba completamente.

—Creo que habíamos conectado, Maegan. Pensaba que lo que habíamos compartido la había dejado tan marcada como a mí —él sacudió la cabeza y se quedó mirando a la pared—. ¿Cómo demonios?, perdón..., ¿cómo ha podido salir con otro después de eso?

Maegan dejó caer el biberón y soltó un grito desesperado.

–Genial, Sarge –masculló–. Enfada a la niña porque no puedes quitarte a Kathy de la cabeza.

Comprobar que se estaba comportando como un novio celoso no mejoró su mal humor. ¿Celoso, él? Pues sí. Quería echarle un vistazo al tío con el que Kathy salía. Para ser exactos, lo que deseaba era darle un puñetazo en la cara.

Unos golpecitos en la puerta rompieron aquella placentera imagen.

Con Maegan en brazos, él abrió la puerta y se encontró con la mujer en la que llevaba pensando toda la noche.

Kathy había oído llorar a Maegan cuando iba a entrar en casa y al cabo de un segundo se encontró a sí misma frente a la puerta de Brian en lugar de frente a su propia puerta. Se dijo que lo hacía por Maegan, para calmar a la niña, pero ni siquiera ella se lo creía. Sabía que el verdadero motivo era que quería... no, que necesitaba ver a Brian.

Todo lo que Tina le había dicho estaba dándole vueltas por la cabeza. Tenía que saber si Brian había resultado tan afectado por haber hecho el amor con ella, como le había ocurrido a ella misma. Tenía que averiguar si él sentía por ella lo mismo que ella por él.

Pero ahora que estaba allí, lo único que podía hacer era mirarlo. Estaba descalzo, con unos vaqueros desgastados y ajustados a sus largas piernas, y una camiseta roja. Tenía una sombra de barba en las mejillas. Sus ojos azules brillaban como si estuvieran llenos de pensamientos traviesos, y a ella se le contrajo el estómago de pensarlo.

—Hola —dijo ella, deseando poder decir algo más, inmensamente agradecida de haber podido hablar.

—Hola —dijo Brian, ligeramente enfadado—. Has vuelto temprano.

—Sí —dijo ella, pasando al interior del piso cuando él la invitó con el gesto. El mínimo roce que hubo entre ellos al pasar, le provocó temblores. Él cerró la puerta tras ella, mientras Kathy le tomaba a Maegan de las manos. Dejó su bolso en la silla más cercana y calmó a la niña con palabras dulces y caricias.

En pocos segundos, la niña estaba tranquila de nuevo. Todo lo que necesitaba era volver a oír la voz de Kathy. Saberlo hizo que ésta se sintiera feliz y querida. Aquella niña había incluido a Kathy dentro de su vida como una parte importante de ella.

Brian recogió el biberón de la alfombra y se la pasó a Kathy, que llevó a la niña a su cuna.

Él se dio cuenta de con qué rapidez se había calmado Maegan tan pronto como había visto a Kathy. Era obvio que la consideraba su madre. Las dos compartían un vínculo en el cual, aparentemente, no estaba incluido él. Sintió una punzada de dolor en las entrañas al admitir que aquello le molestaba, y mucho.

Cuando Kathy salió de la habitación y cerró la puerta, él le preguntó:

—¿Está dormida?

—Completamente.

–Bien –dijo él, recorriéndola con la mirada. Ella llevaba una blusa verde escotada, una falda negra y medias que deseó quitarle con los dientes. No era un atuendo muy sensual, se dijo él, preguntándose por qué sentía de repente tanto deseo que creyó que conseguiría atravesar la tela de sus vaqueros.

No, se dijo a sí mismo. Lo que tenían que hacer era hablar. Quería saber con quién estaba saliendo, y por qué salía con otro y hacía el amor con él. Quería decirle lo loco que se volvía al pensar en que otro pudiera besarla y acariciarla.

–Yo... –empezó ella–. Creo que debería marcharme.

Él sintió una terrible oleada de pánico, como un fuego de mortero rompiendo la calma de la noche. Pensar que ella pudiera dejarlo solo en aquel momento le hizo desear agarrarla y no soltarla nunca más.

Al diablo con las charlas.

–¡No! –dijo él con rapidez y desesperación–. No te marches.

–Brian... –ella sacudió la cabeza con desesperación y él leyó el ansia que reflejaban sus ojos con facilidad, ya que él sentía lo mismo.

Él llegó hasta ella de un par de zancadas, la agarró, la atrajo hacia sí y la abrazó, la abrazó con tanta fuerza como si quisiera dejarle imprimida la forma de su cuerpo. Y aun así, no la sentía suficientemente cerca. Quería volver a ser parte de ella, sentirse en lo más profundo de su cuerpo y ver aquellos ojos oscuros arder con la pasión que él la hacía sentir.

Ambos habían compartido algo que a él le había parecido mágico. Llevaba todo el día recordándolo y sintiéndose torturado por los recuerdos. Apenas había sacado adelante nada de trabajo y se equivocó de camino al volver a casa. Sólo podía pensar en ella. Ella era lo único que deseaba. Ella, y más de esa magia.

Ella extendió las manos sobre su espalda y él sintió su calor, que lo calmó de la soledad que había sentido durante toda la tarde. Estaba tan bien con ella, aquello era tan bueno...

—Te he echado de menos —murmuró él, besándola en la cabeza.

—Yo también —dijo ella.

—Te necesito —dijo él.

—Yo también —susurró ella, echando la cabeza hacia atrás para verlo mejor.

Él se inclinó, le acarició los labios con los suyos y después le mordió el labio inferior.

—Te deseo —dijo él con urgencia—. Ahora.

—Oh, yo también —dijo Kathy, asintiendo. Cuando él la llevó hasta el sofá, añadió—. Esto es una locura.

—Una locura —admitió él—. Pero es maravilloso.

—Oh, sí —dijo ella mientras él la acostaba sobre los cojines—. Eso también.

Capítulo Diez

Kathy mantuvo los brazos alrededor de su cuello mientras él la acostaba sobre el sofá. En una esquinita de su cerebro, se rió al pensar que todavía no lo habían hecho en una cama. Pero el sofá de Brian era mucho más amplio y largo que el suyo; por un momento pensó en cuántas otras mujeres habían estado allí con él, pero el pensamiento desapareció tan pronto como sus manos empezaron subir por sus piernas, levantándole la falda un poco antes de volver a bajar.

Ella lo miró, iluminado como estaba por la suave luz de la lamparita de la esquina y la luz de la luna que se colaba a través de las cortinas. En algún sitio había un reloj que sonaba al mismo ritmo que su corazón.

Las suaves caricias de Brian sobre sus medias de nylon eran una delicia. Ella suspiró pesadamente y dejó que sus ojos se cerraran para concentrarse del todo en lo que él la estaba haciendo.

Ella sintió cómo le quitaba los zapatos y le acariciaba las pantorrillas con los pulgares.

–Me encantan estas medias –dijo él deslizando las manos por sus piernas.

Lo primero que haría al día siguiente, se dijo Kathy, sería comprarse una caja entera de medias como aquéllas.

Él la besó detrás de las rodillas y ella contuvo la respiración. Era como si se hubiese vuelto líquida, como si se derritiese bajo el contacto de sus manos. Él siguió besando y lamiendo la cara interior de sus muslos hacia arriba, cada vez más alto, levantando las caderas y separando ligeramente las piernas, invitándolo.

Sus manos se deslizaron por sus piernas y se detuvieron al encontrar la parte superior de sus medias.

—Cielos, soy hombre muerto —murmuró él—. No llevas pantys, sino medias.

Ella abrió los ojos y miró hacia abajo para encontrarlo admirando el contorno de encaje de sus medias negras.

—¿Las medias son mejores que los pantys? —dijo, sonriendo.

Brian deslizó un dedo bajo la media y le acarició la piel, enviando un mensaje de anticipación a sus sentidos.

—Ya lo creo que sí —le dijo él, sonriéndole como sólo él sabía hacerlo—. Las medias están mucho mejor. Y con liguero son insuperables.

—Lo recordaré —dijo ella e inmediatamente añadió unos cuantos artículos a su lista de la compra.

En ese instante le vino una imagen a la mente: ella, vestida con medias y liguero y poco más, y Brian Haley admirando cada centímetro de su piel con sus increíbles manos.

Como mareada por la fantasía, apenas notó que Brian le había desabrochado los botones de la blusa y le había bajado la cremallera de la falda. Le quitó la ropa sin esfuerzo, dejándola sobre el sofá vestida sólo con las medias y las bragas.

Después, la imagen de sus fantasías desapareció al mirarlo con ansia. Kathy notaba su cuerpo tenso como el de un atleta a punto de saltar a la pista. Brian empezó a acariciar su centro sobre la fina tela de sus bragas.

El cuerpo de Kathy reaccionó arqueándose y después, se alegró cuando repitió la caricia. Una sensación cálida y líquida fluyó por su interior mientras ella luchaba por mantener los ojos abiertos sobre él. No quería perderse ni un instante de aquella noche, quería retenerlo en su memoria para siempre.

Él siguió moviendo el pulgar sobre su punto más sensible y ella contuvo un suave gemido, mezcla de congoja y de súplica.

Ahora sabía lo que la esperaba al final del largo camino hacia la pasión. Ahora sabía qué desear impacientemente. Quería volver a sentirlo dentro de ella, quería explorar su boca con su lengua, saborear su aliento y conocer los secretos de su cuerpo. Y lo quería todo enseguida. Parecía que habían pasado años desde la última vez que lo había recibido dentro de su cuerpo. Ella lo atrajo hacia sí por los hombros, intentando besarlo.

Pero él sacudió la cabeza y se soltó de sus manos. Ella se sintió decepcionada. ¿Qué le pasaba? ¿No quería besarla y unir sus cuerpos con tanta ansiedad como ella?

—Esta noche no tenemos prisa, Kathy —susurró él, acariciándole el abdomen, justo por encima de las bragas.

Ella tragó saliva. Él deseaba lo mismo que ella, sólo que quería ir despacio. No sabía si sentirse encantada o frustrada.

–Esta noche –continuó Brian–, voy a darte la experiencia que debías haber tenido en tu primera vez.

Kathy deseó que dejara de decir eso. Ella había disfrutado de cada segundo que habían pasado juntos la noche anterior... si pudiera encontrar fuerzas para decírselo.

Mientras ella lo miraba, él enganchó la tira elástica de las bragas con los dedos y las bajó lentamente. Dejó la prenda de encaje negro a un lado y se volvió hacia ella, la levantó por las caderas y la atrajo más hacia sí. Después le separó las piernas y le levantó el trasero del sillón.

–Brian –su nombre salió de su garganta casi como un gemido.

–Relájate, cariño –susurró él, mientras la sostenía en el aire con facilidad.

¿Qué se relajara? ¿En aquella postura? Oh, no lo veía posible a corto plazo.

–Brian –repitió, y esta vez su voz sonó más fuerte y clara.

Había dejado la virginidad hacía muy poco tiempo, pero no era estúpida. Sabía perfectamente lo que él estaba a punto de hacer, y no estaba segura de estar preparada para ello. Aquello le parecía de lo más embarazoso. Ella intentó abrazarlo, pero él le sonrió y bajó su cabeza hacia su centro.

En el mismo instante en que su boca entró en contacto con su cuerpo, Kathy olvidó todo lo que había estado dispuesta a decir, como: «¿Qué estás haciendo?» o «¡suéltame!». Una deliciosa espiral de calor se desencadenó desde su abdomen para extenderse después por todo su cuerpo. Como una marea viva, ella lo sintió crecer más y más mientras la boca de Brian la llevaba hasta lugares que nunca creyó que pudieran existir. Para su sorpresa, descubrió que estaba más que lista para aquella nueva lección de amor.

Sin dejar de mirarlo, se obligó a contemplar cómo él le daba placer. Él deslizó su lengua sobre su sensible piel una y otra vez, y Kathy pensó que perdería la cabeza ante aquella tremenda sensación que la mecía de un lado a otro.

Sus manos, su boca, su cálido aliento contra su cuerpo... todo ello combinado había bastado para arrojar la cómoda y sencilla vida de Kathy a un remolino. Todo lo que le había dicho a Tina unas pocas horas antes le pasó por la mente y se sintió idiota. Efectivamente, no creía estar enamorada de aquel hombre, sino que lo sabía a ciencia cierta. En lo más profundo de su corazón, siempre lo había sabido. Desde el momento en que lo vio por primera vez supo que él conseguiría romper sus defensas y no sabría esconderse de él.

Ni siquiera podía recordar cómo era su vida antes de que apareciera él. No quería recordar las noches de soledad y los sueños vacíos. Quería que aquel momento y aquella noche durasen para siempre.

Pero los momentos se sucedían a toda velocidad y pronto sintió el cataclismo que se le avecinaba. Empezó a quedarse sin aliento, a emitir gritos ahogados. Sentía cada centímetro de su piel gloriosamente viva y se agarró todo lo fuerte que pudo a la tela de los cojines para no caer al precipicio sobre el que pendía ya todo su cuerpo.

Y con una nueva lánguida caricia de su lengua,

Brian la envió volando por un cielo plagado de estrellas fugaces.

Brian vio cómo la pasión hacía presa de ella y dejó que su corazón y su mente se llenasen con el suave sonido de sus gemidos y el reiterado temblor de su cuerpo entre sus manos. Cuando el último temblor la sacudió y se quedó en calma, la dejó descansar sobre el sofá. Rápidamente, se incorporó y se desvistió, para tumbarse sobre ella antes de deslizarse en su interior.

Ella abrió los ojos sorprendida y lo miró. Un instante después, ella lo había rodeado con los brazos y lo atraía más hacia sí. Él sintió cómo las piernas cubiertas con las medias le rodeaban las caderas, y la fría y suave sensación envió oleadas de placer por todo su cuerpo. Necesitó de todo su autocontrol para contener sus necesidades y ponerse al servicio de las de ella. Ahora que volvía a ser parte de ella, notaba cómo su deseo le retumbaba en los oídos. Sabía que aquello sería rápido. Duro y rápido.

Él se movió dentro de ella, avanzando y retrocediendo, sin dejar de mirarla a los ojos color chocolate que parecían contener todos los secretos de la humanidad. ¿Cómo no se había dado cuenta antes? ¿Cómo podía haberse engañado a sí mismo pensando que sería algo temporal? ¿Algo pasajero? Aquello era muy profundo y real, y tan bueno que lo aterrorizaba.

Por primera, y última, vez en su vida, Brian Haley estaba enamorado. Sabía que tarde o temprano tendría que ocuparse de aquel sentimiento, pero no entonces, y aquél fue el último pensamiento coherente antes de que su cuerpo entrase en erupción y vertiese su corazón y su alma dentro de su calidez.

Después de lo que le pareció una eternidad, Brian se retiró sin ganas de dentro de Kathy y se tumbó a su lado para abrazarla. Después, tumbados juntos, pecho contra espalda, miraron las sombras que proyectaba la luz de la luna.

Ella tembló y él la abrazó más aún.

–¿Tienes frío? –susurró él.

Kathy suspiró y sacudió la cabeza contra la almohada de su brazo.

–De algún modo, no creo que vuelva a tener frío nunca más.

–Sé cómo te sientes –dijo él.

–No sé si puedes saberlo –dijo ella, volviéndose en sus brazos para mirarlo.

Brian estudió sus rasgos y notó el brillo de preocupación de sus ojos, que le provocó una punzada de dolor en el corazón.

–¿No estamos hablando de tener frío real, verdad?

–Más o menos.

–¿Hay algún problema? –preguntó él, deseando que hubiera un dragón escondido en algún lado que la atormentara para poder matarlo por ella. No deseaba verla con aquella cara de preocupación después de lo que había sido una unión mágica.

Ella le recorrió el pecho con la mano y él sintió como su lo estuviera marcando con un hierro. Era increíble. Su cuerpo aún estaba deseoso de más, pero se contuvo para escucharla hablar.

–Nunca esperé encontrar... –ella se detuvo como si estuviera buscando la palabra adecuada. Después suspiró, lo miró y dijo–. Encontrarte a ti.

Y no parecía muy feliz por haberlo encontrado, pensó él, pero no dijo nada.

–Lo que tenemos –continuó ella con aquella expresión de tristeza y confusión–, es muy especial, pero también aterrador.

¿Aterrador? Desde luego que lo era, y no era fácil que un *marine* admitiese tener miedo.

–Créeme, cariño –dijo él–, sé perfectamente lo que sientes.

–Tal vez, hasta cierto punto –admitió ella–. Pero, Brian, ¿tus padres tuvieron un matrimonio feliz?

Ahora era él quien estaba confuso.

–Sí. Se peleaban, como todo el mundo, pero fueron felices. Y lo seguirían siendo si mi padre no hubiera muerto hace unos años.

Ella asintió y volvió a acariciarle el pecho. Si ella supiera lo que estaba haciendo, lo hubiera dejado si lo que quería era hablar. Pero había algo en ella que mostraba tanta tristeza que hacía que Brian lo olvidase todo por tratar de consolarla.

–¿Qué te ocurre? –preguntó él, y le acarició la espalda con una mano.

En lugar de responder a su pregunta, le hizo otra.

–Supongo que pensabas casarte en algún momento, ¿verdad?

Lo cierto era que nunca había pensado mucho en ello hasta aquel momento y él sabía que eso no era lo que debía decir entonces, así que respondió:

–Supongo.

–Bueno, pues yo no –dijo ella.

Mirándolo a los ojos, ella le contó lo de su madre, como Kathy había crecido en medio de matrimonios y divorcios y cómo había aprendido que los hombres y el amor no duraban.

Sus ojos azules estaban entregados a los suyos mientras ella intentaba hacerle entender la confusión que sentía acerca de lo que habían compartido. Cuando acabó de contarle su historia, Kathy dijo:

–Yo.... tú me importas, Brian. Más que ninguna otra persona que conozca –él la abrazó y ella se sintió reconfortada por la fuerza de su abrazo–. Pero no sé qué hacer con esta situación.

Brian le tomó la mejilla en una mano y le acarició el pómulo con el pulgar. Ella se giró hacia su mano para absorber todo el calor que pudiera darle.

–Aunque no te lo creas –dijo él con una breve sonrisa–, yo tampoco sé qué hacer. Con lo que tenemos tú y yo, con Maegan...

Ella parpadeó. ¿Con Maegan? Podía entender que no supiera qué hacer con su relación, pero ¿cómo podía estar confundido acerca de su hija? ¿Qué tenía que decidir al respecto? Él quería a la niña y ella lo sabía. Lo había visto con ella y sabía que le había entregado su corazón. Maegan era parte de su vida y no podía creer que estuviera pensando en darle la espalda.

–¿Qué quieres decir con eso de que no sabes qué hacer con la niña? –preguntó ella, olvidando sus propios problemas por un momento.

Él debió notar las chispas que soltaban sus ojos porque sonrió.

–No me pegues –dijo él–. Por supuesto que se va a quedar conmigo. La quiero.

Él dijo aquellas palabras de un modo tan sencillo que a Kathy no le cupo duda de que eran reales. ¿Pero entonces de qué se preocupaba?

Brian se giró para mirar al techo y dijo:

–Tú no eres la única a la que le ha cambiado la vida últimamente.

–Eso es cierto, pero sigo sin entenderte.

–Es por la movilización.

Kathy conocía aquella palabra tan bien como todo aquél que viviese en una ciudad llena de militares. Los *marines* eran enviados a cualquier destino del mundo durante seis meses mientras dejaban atrás a sus familias para que se las apañasen solas. En eso consistía la movilización.

Ni siquiera había pensado en ello hasta entonces, y ahora, la idea de que se marchara de su lado durante seis meses le hacía desear aferrarse a él con más fuerza aún. Por no hablar de que cuando se marchara, Maegan se quedaría sola.

Él la miró y frunció el ceño.

–¿Qué haré con Maegan cuando me movilicen?

Ella no sabía qué decir. Su primer impulso era gritar: «Déjala conmigo», pero ella sabía que no tenía derecho. No estaban casados. Demonios, no sabía qué eran.

–Podría dejarla con mi madre o con una de mis hermanas –continuó él, y una parte de Kathy gimió de dolor al pensar en perder, no sólo a Brian, sino a la pequeña Maegan durante meses.

–Pero si lo hiciera, tendría que concederles la custodia –siguió, más para sí mismo–. El ejército no deja atrás a un menor sin protección legal. Y ése es el problema de volver a dejarla en manos de extraños. ¿Tengo derecho a volver a poner su mundo patas arriba?

La tensión en su voz la impresionó y se dio cuenta de que, por muy confundida que estuviera ella, sus problemas eran aún mayores.

–¿Puedes pedir no ser movilizado?

Él soltó una breve carcajada y sacudió la cabeza.

–No. Hay batallones que no suelen ser movilizados, pero todos los *marines*, desde los que se arrastran cada día por el barro a los ratones de oficina, deben poder ser movilizados en el momento en que se lo notifiquen. Si no puedes ser movilizado, no eres *marine*.

–Pero seguro que puede haber excepciones.

–No las hay. Conozco a un lugarteniente que había perdido a su mujer. No tenía a nadie con quien dejar a sus hijos cuando fue movilizado, así que tuvo que salir del cuerpo –se detuvo para después añadir–. Todos conocemos las reglas. No hay excepciones.

Kathy notó la amargura que había en su tono de voz y supo instintivamente lo que supondría para él tener que dejar el cuerpo.

–Soy *marine* –dijo Brian, confirmando sus pensamientos–. Es lo que siempre he querido ser y no sé qué sería de mí si llevara una vida de civil.

Kathy intentó buscar una respuesta al problema, pero la única que pudo encontrar fue que Brian se casara para que alguien se ocupara de Maegan. Pensar en casarse con él le resultaba aterrador y la idea de que se casase con otra persona, inaceptable, así que no tenía ni idea de qué decir.

Por fin, preguntó, casi temiendo la respuesta:

–¿Cuándo será la próxima movilización?

–Ahí viene la parte buena. No será hasta dentro de seis meses, así que tengo tiempo para encontrar una solución brillante.

No mucho tiempo, pensó ella. Mientras intentaba imaginar su vida sin Maegan ni Brian, Kathy cayó en un sueño inquieto y ni siquiera los fuertes brazos de Brian consiguieron alejar la soledad de sus ensoñaciones.

A la mañana siguiente, Brian Haley, sargento mayor, estaba sentado en la arena al lado de una niñita sonriente vestida con un peto rosa esperando impaciente a que pusiera el columpio en movimiento.

–Ahora, cariño –dijo él–, si no te sientas bien no podremos empezar.

Hubiera sido más fácil para los dos si Kathy hubiera venido con ellos, pero ella había preferido quedarse en casa y recuperar tiempo perdido del trabajo. O por lo menos, eso era lo que había dicho cuando la habían invitado a acompañarlos. Brian frunció el ceño al recordar la expresión de su rostro cuando se despertó, hacía sólo un par de horas.

Habían pasado la noche en el sofá, abrazados, y por el cansancio que mostraban sus ojos, debía haber dormido tan poco como él.

Atormentado con la idea de la movilización y dejar atrás no sólo a su hija, sino también a Kathy, Brian apenas había dormido y no habían dejado de asaltarle imágenes de sí mismo, solo y miserable.

Se preguntaba si Kathy había sentido lo mismo.

Maegan movió las piernecitas hasta darle una patada a su padre en la rodilla. Él se frotó el lugar dolorido y rió, decidiendo dejar los problemas a un lado.

–De acuerdo, lo que tú digas. Menos pensar y más jugar.

La niña rió y él se preguntó en silencio cómo aquella personita, que había venido al mundo por su falta de atención, había podido robarle el corazón de ese modo. Desde luego, el destino había jugado sus cartas y ahora Brian no podía imaginarse la vida sin Maegan a su lado. Del mismo modo, no podía soportar el pensamiento de estar separado de Kathy.

Decidió detener aquello y volver su atención a su hija. Se centraría en ella y dejaría los problemas a un lado un rato. Tal vez, si no pensara demasiado en ello, la solución llegara por fin.

Y tal vez Kathy necesitaba tiempo también para ella misma.

Después de ponerle a Maegan todas las correas de seguridad, Brian se puso detrás de su hija para darle un empujón en el bien protegido trasero. Inmediatamente ella explotó en carcajadas y risas que le hicieron sentir una nube de placer en el corazón.

La empujó una y otra vez, apenas moviendo el columpio, pero aquello era suficiente para complacer a Maegan. Brian echó un vistazo al parque, tomando nota mental de los padres, madres y niños que pasaban la mañana jugando. El aire estaba lleno de risas, gritos de alguna pelea y el sabor salado del océano.

Hacía un día espléndido, y hubiera sido perfecto si Kathy hubiera estado con ellos. Con ella, los tres hubieran parecido otra familia feliz como el resto de las que estaban en el parque.

–¿Bri?

Una voz demasiado familiar rompió la agradable imagen de su mente y Brian se volvió para mirar a la mujer que lo había llamado.

–¡Bri! –dijo ella–. ¡Eres tú!

Dana, alta, rubia, maquillada, con el pelo recogido en una coleta y vestida con un top de deporte y mallas de correr tan diminutas que hubieran hecho enrojecer a cualquiera, estaba frente a él, mirándolo como si hubiera visto un fantasma.

No había vuelto a verla desde que se había marchado de su casa antes de la «cena».

–Hola –dijo Brian, felicitándose por su elocuencia.

–Has sido un chico malo –dijo Dana sacudiendo la cabeza–. No me llamaste para disculparte por dejarme de un modo tan maleducado.

Él se encogió de hombros y se apuntó mentalmente que sus ojos azules eran demasiado fríos y duros. ¿Siempre había sido así?

–Suponía que no querrías hablar conmigo.

–Bueno –dijo ella, apretando los labios como solía hacerlo.

Él se preguntó por qué aquel gesto ya no le resultaba tan atractivo.

–Estaba enfadada, pero te perdonaré.

Ella se acercó un paso y Brian se aferró a las cadenas del columpio, deteniendo a Maegan.

La niña gritó disgustada.

Dana le lanzó una desagradable mirada a Maegan antes de volverse hacia Brian.

127

–¿Qué estás haciendo tú en el parque?

Nunca hubiera considerado a Dana un cerebrito, pero incluso ella podía ver que estaba columpiando a la niña.

–Estoy jugando con Maegan.

Ella miró a la niña y dio un paso instintivo hacia atrás.

–¿Haciendo de niñero? ¿Tú?

El tono de incredulidad de su voz lo irritó. Ni él mismo se lo hubiera creído si se lo hubieran dicho hacía un mes, pero la gente cambia.

–No estoy haciendo de niñero –dijo él secamente.

–¿Entonces qué...?

Él miró a la niña que tanto se parecía a él y después a la mujer con la que había estado saliendo.

–Ésta es mi hija Maegan. Maegan, ésta es Dana.

Las dos chicas se miraron una a la otra, igualmente descontentas ante la perspectiva, pero Dana fue la primera en volver la vista hacia Brian.

–¿Tu hija?

–Sí.

–No me dijiste que tuvieras una...

–No lo he sabido hasta hace un par de semanas –dijo él.

Dana se echó a temblar. Siguió retrocediendo, como si creyese que la paternidad fuera algo contagioso, hasta que empezó a correr sobre el sitio.

–Bueno, me alegro de haberte visto –dijo ella antes de echar una mirada a su reloj–. Uf, mira qué hora es. Tengo que marcharme ya. Hasta otra –dijo, levantando una mano y echando a correr en dirección contraria a toda velocidad.

Brian se quedó mirándola durante largo rato.

Dana no había podido marcharse con más rapidez y mejor no hablar de la cara que se le había puesto al ver a Maegan. ¿Cómo podía haberse resistido a los encantos de aquella preciosidad? Sacudió la cabeza preguntándose cómo no había notado hasta entonces que Dana y el resto de mujeres con las que había salido eran gente tan superficial. Entonces se dio cuenta de que él había sido como ellas hasta que aquella niña apareció en su vida para cambiarla radicalmente. Se sintió agradecido. Desde que estaba con ella, no sólo sentía un profundo amor por su hija, sino que había encontrado algo más.

Algo que nunca había echado en falta. La imagen de Kathy Tate se materializó en su cabeza. En una comparación entre la amorosa y dulce mujer que había llegado a importarle tanto y Dana, sabía que la primera no era rival para nadie.

Maegan volvía a enfadarse, así que Brian dio un ligero empujón al columpio mientras seguía pensando en su futuro. El futuro de los dos. Ahora sabía con más seguridad que nunca que quería a Kathy Tate en su vida y no sólo porque sería una madre perfecta para su hija.

Era porque no podía imaginarse las mañanas sin verla a su lado.

Ahora todo lo que tenía que hacer era encontrar un modo de convencer a Kathy de que tenían que estar juntos. Para siempre.

Capítulo Once

Cuando Brian y Maegan volvieron del parque, Kathy había estado caminando kilómetros y kilómetros sin salir de su piso. Había intentado trabajar. Le había prometido a Tina que acabaría el montón de informes a tiempo para ser entregados al día siguiente.

Pero lo cierto era que no había sido capaz de pensar en nada más que en Brian y en la niña. La idea de perderlos se le hacía insoportable y se había pasado la mañana pensando en una solución a sus problemas.

Mientras escuchaba los familiares pasos de Brian en el pasillo, se dio cuenta de que tenía la respuesta. Si tenía el coraje para hacerlo y si Brian aceptaba.

Abrió la puerta justo en el momento en que Brian abría la suya. Él se volvió para mirarla con una sonrisa en la cara. Maegan, con el pelo lleno de arena y el peto empapado, alargó los brazos hacia ella y Kathy tuvo que tragar saliva. Aquello funcionaría, se dijo a sí misma. Aquello sería bueno para todos ellos.

—Hola —dijo Brian—. Te hemos echado de menos en el parque.

Kathy sonrió mientras tomaba a la niña en brazos.

–Yo también os he echado de menos.

Él abrió la puerta y la invitó a pasar.

–¿Quieres entrar?

–Sí –dijo Kathy, y dio una paso al frente, acercándose a él.

Brian alargó la mano y le colocó un mechón de pelo detrás de la oreja. Aquel simple gesto le provocó un escalofrío por todo el cuerpo. ¿Siempre que la tocara sería así?

–¿Has acabado el trabajo? –preguntó él, dejando caer la voz en un tono íntimo que la puso más nerviosa aún.

Ella levantó la cabeza para mirarlo y admitió:

–No.

–¿Por qué?

–He estado muy ocupada pensando.

–¿En mí? –preguntó él, esperanzado.

–En ti, en mí, en Maegan... en nosotros.

–¿Has llegado a alguna conclusión?

–Una o dos –cielos, cómo iba a convencerlo si no era capaz de hilar una frase larga completa.

–Yo también he llegado a un par de conclusiones por mi cuenta, dijo, acariciándola desde el hombro hasta la cintura.

Kathy consiguió ocultar el temblor que sentía y dio un paso adelante hacia el interior del piso.

–Tenemos que hablar.

–Buen comienzo –él la siguió y cerró la puerta tras él.

Kathy dejó a Maegan en el centro de la sala, rodeada de juguetes. Después se levantó y miró de frente al hombre que ocupaba todos sus pensamientos.

–Kathy...

–Déjame a mí primero –dijo ella, interrumpiéndolo–. Tengo que decirlo rápidamente.

–De acuerdo –asintió él, que se cruzó de brazos para escucharla.

De repente, se sintió muy nerviosa y empezó a andar de arriba abajo por la sala alrededor de Maegan, que empezó a dar palmas ante el nuevo juego. Kathy le sonrió y después miró a Brian.

–He estado pensando...

–Eso ya lo has dicho.

–Lo sé. Lo que dijiste anoche sobre la movilización... lo que necesitas es tener a alguien en quien confíes y a quien ella conozca para dejarle a Maegan.

–¿Sí?

–Y, bueno. Yo la adoro y creo que ella me quiere.

–Sé que te quiere.

Kathy sonrió.

–Gracias –tomó aire y se lanzó a la carrera antes de que pudiera detenerla–. Bueno, lo que quería decir es que creo que tengo un plan que lo resolverá todo.

–Y consiste en...

Ésta era la parte difícil. Se puso rígida frente a él, como si fuera a enfrentarse a un pelotón de fusilamiento.

–Deberíamos casarnos. Tú y yo, quiero decir –suspiró–. Cásate conmigo.

–¿Lo dices en serio? –preguntó él.

–Muy en serio –le dijo ella, asintiendo con la cabeza–. Nunca bromearía sobre algo así. Piénsalo, es la respuesta a todos tus problemas.

Él sacudió la cabeza como si quisiera despejar sus pensamientos.

–Pero anoche me dijiste que no querías casarte. Me contaste que tu madre...

–Ya lo sé –lo interrumpió de nuevo, sabiendo que estaba siendo muy brusca, pero sin importarle–. Pero esto sería distinto.

–¿Cómo iba a serlo?

Ella se metió las manos en los bolsillos de los vaqueros.

–Piensa en esto como una proposición de conveniencia más que como en un matrimonio real.

Él dio un paso hacia ella de nuevo.

–¿Proposición de conveniencia? Explícate.

–Bueno –empezó ella–, esto no sería un matrimonio romántico: aquellos basados en el amor no duran. Créeme, he visto muchos de esos. Esto sería como una sociedad, Brian.

–Continúa –dijo él a pesar de no parecer contento en absoluto.

Pero seguía escuchándola.

–Si nos casamos, yo podré cuidar de nuestra hija –dijo ella, encantada de cómo sonaban esas dos palabras–. Y cuando te movilicen, no tendremos que preocuparnos por ella.

–Ya.

–Y cuando estés aquí, estaremos juntos –ahora venía el extra de su idea–. Los dos podremos disfrutar de un sexo magnífico y ninguno de los dos arriesgará su corazón ante algo tan poco fiable como el amor.

A pesar de todo, la idea de casarse seguía aterrorizándola, pero había conseguido eliminar la parte de riesgo. Ella siempre había querido tener una familia, hijos, y si Brian accedía, todo eso podría ser realidad. Eso y la magia que había disfrutado en sus brazos, con la que nunca había contado.

Y mientras pudiera ocultar el hecho de que lo amaba, él nunca podría hacerle daño. Era perfecto, y esperaba que él pensase lo mismo.

Brian se quedó mirándola fijamente. Mientras iba hacia casa, había estado imaginando cómo proponerle matrimonio y que ella aceptara. Por fin había decidido decirle que la amaba, pedirle que se casara con él y ordenarla que confiase lo suficiente en él.

¿Cómo iba a saber que ella iba a encontrar el modo de desbaratar sus planes?

Y ella parecía tan contenta consigo misma... Oh, estaba muy nerviosa, lo veía en su forma de moverse, pero sus mejillas enrojecidas y el brillo de sus ojos le decían que estaba encantada con la idea.

Tal vez pudiera haber funcionado si él no hubiera estado completamente loco de amor por ella. No concebía un amor sin matrimonio. Quería algo más que una proposición de conveniencia, lo que quería era su corazón, su amor.

Por primera vez en su vida, quería tener lo mismo que habían tenido sus padres y sus dos hermanas: un matrimonio lleno de amor y una familia.

Y quería todo eso con Kathy.

Él la miró un momento, recordándose a sí mismo que para ella aquello era un gran paso. Sabía lo que ella sentía sobre el matrimonio y, en parte, entendía sus miedos. Pero, maldición, si una pareja se casaba sin tener grandes expectativas, ¿cómo iban a encontrar la felicidad?

–¿Qué te parece? –preguntó ella con voz temblorosa.

Le parecía que los dos estaban locos, y que lo que tenían que hacer era ponerse de rodillas y dar gracias al cielo que los había unido en lugar de diseccionar la magia de su relación y meterla en un bote con la etiqueta «Matrimonio de conveniencia».

Pero sabía que si decía eso, Kathy se alejaría para siempre. Aquél sería su tercer fallo, el último, y algún *marine* ganaría una tremenda apuesta en la base. Pero él y Maegan perderían a la única mujer que podía hacerles felices a los dos.

Kathy tenía tanto miedo al matrimonio que podía darles la espalda definitivamente a Maegan y a él. Tenerla en su vida de ese modo sería mejor que no tenerla en absoluto.

Así que, antes de que pudiera cambiar de idea e intentar obligarla a hacer algo que no estaba dispuesta a hacer, se oyó a sí mismo decir.

–Creo que es una gran idea.

Ella dejó escapar un suspiro de alivio y a Brian se le encogió un poquito el corazón. Después, corrió hacia él para lanzarse en sus brazos. Después echó la cabeza hacia atrás, sonrió y le dijo:

–Será genial, Brian, ya lo verás.

–Claro que sí, cariño –dijo él, abrazándola con mucha fuerza.

Su cuerpo se puso tenso y la sangre empezó a fluir por sus venas con mayor rapidez. Le acarició la espalda con una mano y ella dejó escapar un sonido de placer. Tal vez ella dijera que no quería amor, pero lo que ellos tenían era algo más que placer sexual. Ella lo quería, maldición, así que lo único que tenía que hacer era convencerla de ello.

Se casarían, pensó él, y le dejaría creer que era por conveniencia si ése era el único modo de que aceptara. Pero una vez que su matrimonio fuera legal, encontraría el modo de mostrarle que no tenía que tener miedo del amor, y que lo que ellos compartían era algo que sólo pasaba una vez en la vida.

–Entonces –dijo él–. ¿Cuándo quieres hacerlo?

Ella le puso una mano en la nuca y sólo el roce de sus dedos sobre su cuero cabelludo lo dejó sin aliento.

–También he pensado en eso –Brian no se sorprendió–. Mi madre se casa en Las Vegas el fin de semana que viene.

–Ya. ¿Y?

Ella se encogió de hombros y luego se puso de puntillas para darle un beso en los labios.

–Y he pensado que podríamos ir para asistir a la boda, y luego casarnos nosotros.

Estarían prometidos una semana y se casarían en Las Vegas. Su madre lo mataría. Pero cuanto antes hiciera de Kathy su esposa, antes empezaría su campaña para ganarse su amor.

–Otra idea brillante –dijo él, y le dio la sonrisa que sabía que ella quería.

Kathy le tomó la cara entre las manos, lo miró y dijo:

–Seremos una familia, Brian. Maegan, tú y yo.

–Una familia –repitió él, y sintió una chispa de calor encenderse en su interior.

Quería que fueran una familia de verdad, los tres y, por sorprendente que pareciera, quería tener más niños con Kathy. No quería que Maegan creciera sola, pero eso dependía de su capacidad para llegar a Kathy, de hacerle ver que no tenía que tener miedo del amor.

Una sombra de duda cruzó los ojos de Kathy a toda velocidad.

—¿Esto está bien, verdad? —preguntó ella.

Aquello dejaba claro que él tenía que darse prisa en casarse con ella y convencerla lo antes posible.

Se inclinó y la besó: fue un beso largo y profundo, acariciándole los labios y la boca con la lengua.

Ella le colocó las manos sobre los hombros y lo agarró con fuerza.

Tras un momento, él se retiró, la miró a los ojos y dijo con sinceridad.

—Sí, claro que está bien. Es lo mejor que podemos hacer los dos.

Tres días más tarde, tras una agotadora tarde de compras, Kathy encontró por fin el vestido con el que casarse. Mientras conducía su volkswagen a casa, se imaginó la cara de Brian cuando la viera con el vestido color marfil. Un escalofrío la recorrió de arriba abajo y empezó a sentir un calor en su interior.

—Aún sigo sin creerme que vayas a casarte —le dijo Tina, sentada a su lado.

Kathy la miró y se echó a reír. A ella también le costaba creérselo, pero en menos de una semana estaría convertida en esposa y madre. Extraño en una mujer que siempre juró no decir «sí, quiero». Pero, ¿no acababa de echarse a temblar sólo con pensar en él?

–Pues sí, dentro de cuatro días.

–Y yo no voy a estar.

–Ya lo hemos hablado –dijo Kathy con un suspiro.

–Sí, ya lo sé. Es una boda de conveniencia –dijo, con cara de disgusto.

–En efecto –dijo Kathy, convencida de que eso era lo único que le hacía seguir adelante, sabiendo que su corazón estaba protegido.

–¿Qué ha dicho tu madre?

–Estaba sorprendida –eso era lo mínimo que se podía decir.

La noche anterior, Kathy había llamado a Spring para explicarle la situación, pero, naturalmente, lo único que Spring quería oír eran los «detalles románticos».

–Ya me lo imagino –dijo Tina.

–Entiendo que mi madre no lo entienda –dijo Kathy–, pero esperaba que contigo fuera distinto.

–Lo único que entiendo es que estás intentando engañarte a ti misma creyéndote que puedes casarte con el hombre al que quieres fingiendo que es un negocio.

Herida, Kathy siguió mirando la carretera. Podía hacerlo, se decía a sí misma. Tenía que hacerlo.

–Dime una cosa –dijo Tina.

–¿Qué?

–¿Por qué hemos tenido esta tarde agotadora para encontrar el vestido perfecto si no es tan importante?

Porque quería ver cómo Brian se quedara boquiabierto al verla. Pero si le decía eso a Tina, iría más allá.

138

–Da igual la razón por la que me caso, simplemente no quiero ir en vaqueros y camiseta.

–Lo que tú digas, Kath –dijo Tina sacudiendo la cabeza.

Tina estaba decidida a echar algo de amor a la mezcla y Kathy estaba decidida a sacar el amor de ella. Lo que sentía por Brian era algo más de lo que estaba dispuesta a admitir, pero ése era su secreto. Con el matrimonio de conveniencia, podría tener todo lo que deseaba, y no correría el riesgo de que le hiciera daño, si decidía ir en busca de pastos más verdes.

–Por lo menos, voy a conocerlo –dijo Tina–. Eso ya es algo, supongo.

Asintiendo, Kathy forzó una sonrisa y dijo:

–Te prometo que cuando volvamos llamaremos a unas niñeras para los niños y saldremos a cenar los cuatro.

–De acuerdo, y como regalo de bodas, yo me encargaré de llamar a las niñeras.

–Gracias, amiga.

Tina sonrió y le guiñó un ojo.

–Si quieres, os cuidaré a la niña un fin de semana, si queréis iros de luna de miel. O... no... Los matrimonios de negocios no necesitan de lunas de miel, ¿no?

–Muy gracioso –dijo Kathy–. Pero el sexo está incluido en el trato.

–Qué maduro por vuestra parte.

Ella reconoció el sarcasmo de su voz.

–No hay razón para privarnos de...

–¿Amor? –probó Tina.

–Sexo –la corrigió Kathy.

–Cariño –le dijo su amiga cuando aparcaron el

coche frente al bloque de pisos de Kathy–, donde hay sexo, hay fuego, y si hay fuego, los contratos de negocios pueden acabar quemándose.

Kathy apagó el motor y puso el freno de mano.

–Ya verás, funcionará a la perfección.

Cuando salía del coche, pensó que oyó a su amiga decir:

–Eso me suena de algo.

Ignoró a su amiga y sacó su vestido de novia del asiento trasero. Aquello funcionaría y nada iba a estropeárselo. Se había ocupado de todo.

–Sigo sin poder creer que te vayas a casar –dijo la preciosa morena mientras recogía su bolso y se dirigía a la puerta.

–¿Qué dice la gente? –preguntó Brian.

–Puedes imaginártelo, sargento –respondió con una sonrisa–. Lo único que sé seguro es que Jack y los chicos están enfadados porque les has arruinado la apuesta.

–Ah... –dijo con una sonrisa, imaginándose a los *marines* con las manos vacías porque habían apostado que fallaría–. Otra buena razón para casarse.

–Siento no haberla conocido –dijo Donna Harris–. Pero al menos he visto a tu hija.

–¿Y? –preguntó Brian, esperando los cumplidos.

–Y, es preciosa.

–Como su padre –dijo él, sabiendo que parecía idiota por decir eso, pero sin poder evitarlo. Desde que había aceptado la propuesta de Kathy, se sentía feliz.

Brian le abrió la puerta a Donna, pero antes de que se marchara, le dio un abrazo.

–Gracias –dijo él.

–¿Por qué?

–Por cuidar a Maegan y por casarte con Jack y darme un buen ejemplo.

–De nada –dijo Donna con una sonrisa.

Brian sonrió y le dio un beso en la mejilla.

Hasta entonces no se había dado cuenta de que al final del pasillo Kathy y otra mujer los miraban. Si las miradas matasen, él hubiera caído fulminado en ese mismo momento. En ese preciso instante, Kathy se dio la vuelta y se dirigió hacia su puerta, ignorándolos a él y a Donna.

Él sabía lo que aquello había parecido y no iba a dejar que se marchara pensando lo que era obvio. Agarrando a Kathy por el brazo cuando pasó a su lado, le dio la vuelta y dijo con énfasis:

–Hola cariño. Me alegro de que hayas vuelto a casa a tiempo para conocer a una amiga mía.

Kathy estaba sin aliento, y por primera vez sintió frío y no calor cuando Brian la tocó. Ver a la otra mujer en sus brazos había sido suficiente para sentir que un puño de hierro le agarraba el corazón, y ahora quería presentarle a la mujer a la que había besado con tanta familiaridad.

Kathy sintió deseos de abofetearlo. Sintió que se le abría una herida en el pecho y que las piernas le temblaban. No sólo la estaba engañando antes de haberse casado, sino que la obligaba a ser amable.

–Te presento a Donna Harris –dijo a toda prisa–. Es la esposa de mi amigo Jack y la hija del coronel Candello.

A su lado, Tina prácticamente suspiró de alivio. Kathy sabía que había pensado lo mismo que ella, pero, lamentablemente, la lógica no parecía tener mucho que hacer con sus sentimientos en aquel momento.

Pero consiguió sonreír, decir un par de palabras educadas y presentarles a Tina a Brian y a Donna. Después de unos incómodos minutos, las dos mujeres se marcharon juntas y Brian y Kathy se quedaron solos en el pasillo.

Aquello era muy inocente, se dijo Kathy a sí misma, así que no entendía por qué no se sentía mejor. ¿Por qué no desaparecía el nudo que tenía en el estómago?

No podía mirarlo a la cara, no quería que viera el dolor que aún tenia reflejado en los ojos.

—Tengo cosas que hacer —dijo ella, abriendo la puerta—. Te veré luego.

—Kathy...

—Luego, ¿de acuerdo?

Tenía que alejarse de él, tenía que pensar y detener el dolor que sentía en lo más profundo de su alma. Lo miró, entró en su piso y cerró la puerta.

Maldición, pensó Brian. No, nada de luego. Ahora. Volvió a su casa para tomar a la niña en brazos y cruzó el pasillo para llamar a su puerta.

—Márchate, Brian —dijo ella.

—No me voy a marchar, Kathy —dijo él—. Voy a quedarme aquí llamando hasta que abras la puerta y hables conmigo.

Ella abrió al cabo de un minuto y lo miró. Tenía la boca temblorosa, como si estuviera conteniendo las lágrimas. Al instante, él supo que a ella aún le dolía lo que había creído ver.

–Kathy –dijo él, entrando antes de que ella lo detuviera–. Sé lo que parecía, pero era completamente inocente y ahora lo sabes.

–Sí –dijo ella, mirando a Maegan–. Ya lo sé.

–Entonces dime qué estás pensando.

–Te he dicho que necesitaba estar sola.

–Estar sola no va a solucionar esto. Tenemos que hablar sobre ello.

Ella tomó aire y lo soltó enseguida.

–Ya sé que quieres hablar...

–¿Pero? –preguntó, preparándose para lo peor.

–Pero no importa –dijo ella.

–¿Cómo que no importa? –dijo, y apretó a Maegan un poco más, con lo que la niña empezó a protestar.

–Hablar no cambiará nada –dijo ella secamente.

–¿Qué es lo que no cambiará? –se obligó él a preguntar, a pesar de que sabía que no le iba a gustar la respuesta.

–Esto no va a funcionar –murmuró ella–. Creía de verdad que iría bien, pero no. No puedo.

Mirándola a los ojos heridos, Brian preguntó temeroso.

–¿Qué estás intentando decirme?

–Lo único que puedo decirte: la boda está cancelada, Brian –dijo ella, y sintió como si con cada palabra le estuviese disparando una bala.

Capítulo Doce

–¿Estás loca? –preguntó a voz en grito.

Ella sacudió la cabeza con decisión.

–Gritándome no conseguirás que cambie de idea.

–¿Y qué lo hará? –gruñó Brian.

–Nada –dijo ella, alejándose de él y abrazándose a sí misma. Parecía tan perdida.

Aquel apartamento ya no tenía nada de acogedor: sólo era el escenario de una lucha entre un hombre que intentaba retener a la mujer que se había convertido en una parte muy importante de su vida.

–Me equivoqué –dijo ella, y su voz tembló ligeramente. Se mordió el labio inferior–. Pensé que si fingía que nuestra boda no era real, podría evitar sufrir, pero ahora sé que no será así.

–Kathy –dijo él, e intentó acercarse a ella, pero Kathy sacudió la cabeza y se echó hacia atrás. Volvió a sentir dolor y frustración–. Lo que has visto no ha sido nada.

–No importa, ¿no te das cuenta?

–No –dijo él–. No me doy cuenta.

–Cuando os vi a Donna y a ti juntos, supe que, aunque nuestro matrimonio no fuera real –dijo mientras empezaba a caerle una lágrima por la mejilla–, si me engañabas, me quedaría destrozada.

–¿Estás dispuesta a arrojarlo todo por la borda por un «sí»? –no podía estar pasándole aquello. Ella era una mujer inteligente y no haría eso, independientemente de lo que hubiera vivido de niña.

–Tengo que hacerlo. No me expondré, ni a ti ni a Maegan, al dolor que trae consigo el divorcio.

Ella sentía que el corazón se le estaba rompiendo en pedazos dentro del pecho, pero Kathy sabía que aquello sería más fácil entonces que en un futuro. Si se hubiera casado con él, hubieran construido una vida juntos y si lo hubiera perdido, se hubiera muerto. Ahora quedaría devastada, pero sobreviviría.

Maegan, reaccionando ante las emociones que flotaban en el ambiente, alargó los brazos hacia ella y lo que quedaba entero del corazón de Kathy, acabó de fundirse. Cielos, aquello significaba perderlo todo: a Brian, a Maegan y la esperanza de formar una familia.

Por instinto, fue hacia él y tomó a la niña de sus brazos. Acunándola en sus brazos, le susurró palabras tranquilizadoras para la niña y para ella misma, pero no funcionaron.

Con ojos llorosos, miró a Brian. Al ver el dolor en su rostro, estuvo a punto de cambiar de idea, pero consiguió resistir en su decisión. Sería mejor acabar cuanto antes de que la cosa fuera más lejos y les causara aún más dolor.

–Creo que lo mejor será –dijo ella con la voz rota–, que no nos veamos más.

–Y ya está –dijo él, dejando que ella reconociera la furia contenida que había en sus palabras.

–Será más fácil para los dos –dijo Kathy, aunque sabía que nada de aquello sería fácil–. Tal vez tu amiga Donna quiera cuidar a Maegan hasta que encuentres a otra persona.

–Seguro que querrá –dijo él, y Kathy observó los duros rasgos de su rostro que denotaban que era un guerrero.

Ella asintió aunque apenas tenía fuerzas. Otra mujer estaría con «su» niña, vería sus sonrisas, le secaría las lágrimas y presenciaría el milagro de su crecimiento.

Y tal vez, algún día, pensó ella aunque con dificultad, otra mujer se acueste entre los brazos de Brian y disfrute de la magia que ella había descubierto hacía tan poco tiempo.

Oh, ¿cómo podría vivir con el corazón destrozado?

Kathy le dio un beso a la niña y susurró:

–Adiós, mi niña –antes de que se dejara vencer por la urgencia de lanzarse a los brazos de Brian y quedarse ahí para siempre.

Después se la devolvió a su padre y sintió un terrible vacío en los brazos y frío, mucho frío.

–De acuerdo, me marcharé –dijo Brian–. Porque veo que hablando contigo no conseguiré nada bueno.

Ella asintió agradecida.

–Pero antes de marcharme, hay unas cuantas cosas que tienes que saber –dándole palmaditas a Maegan en la espalda, se estiró, imponiéndole su impresionante figura y miró a Kathy con unos ojos heladores–. Dices que haces todo esto porque puede que te engañe y que te haga daño.

Kathy tragó saliva sin dejar de mirarlo.

–Sí.

–Señorita, cuando hago una promesa, la cumplo. Mi palabra es algo importante para mí –dio un paso hacia ella y Kathy sintió la ira y la frustración que emanaba–. Si juro que te seré fiel, entonces, te seré fiel. Pero todo eso no significa nada si tú no confías en mí.

–Esto no es por ti –interrumpió ella.

–Es justamente por eso –sus ojos se incendiaron y Brian tuvo que contener el temperamento que hervía en su interior. La mujer a la que amaba estaba tirando por la borda todo lo que habían encontrado juntos sólo porque podía cometer un error al cabo de los años. Y no parecía que él pudiera hacer nada al respecto.

Bueno, a la basura con todo. Él dejaría de luchar.

–¿Sabes una cosa, Kathy? –preguntó él–. Eres una cobarde.

–¿Qué? –hipó ella.

–Una cobarde. Te escondes de lo que puedes tener porque no quieres correr el riesgo de salir herida –tomó aire, sujetó a Maegan con una mano y continuó–. Bien, pues bienvenida al mundo, cariño. Todo el mundo sufre de vez en cuando, es parte de la vida, y si no te arriesgas, no vives –sacudiendo la cabeza, añadió–. Ignorar el amor no hará que desaparezca, sólo te estarás perdiendo la mejor parte de tu vida.

Ella no dijo nada y simplemente lo miró con aquellos ojos marrones que lo atormentaban.

Aquello no tenía ningún sentido ni solución posible. Él se giró hacia la puerta, pero justo cuando iba a salir, se volvió hacia ella y le dijo:

–Sabes, he estado evitando decirte algo que tenías que haber sabido desde el instante en que te vi.

–Brian... –ella sacudió la cabeza como si quisiera detener las palabras que iba a pronunciar, pero no pudo hacerlo.

–Te quiero, maldita sea –dijo, señalándola con el dedo–. Y tú me quieres.

–Esto no tiene nada que ver con el amor.

–Claro que sí –dijo él con un resoplido sarcástico–. Y ahí va algo más para que pienses sobre ello: sólo dices eso por tu experiencia de niña –ella se puso rígida–. No puedo evitar el dolor que sufriste de pequeña, tienes que saber que admiro a tu madre.

–¿Qué?

Ahora parecía completamente confundida, así que Brian intentó aclararle los conceptos.

–Sí, la admiro porque, independientemente de cuantas veces la haya decepcionado el amor, nunca ha dejado de buscarlo –su voz se hizo más baja–. Y, cariño, ésa es una forma mejor de vivir que esconderte del amor para siempre.

–Tío –dijo Jack Harris–, si no te animas un poco, voy a ver si puedo prepararte un pelotón de fusilamiento cuanto antes.

¿Animarse? Brian se sentía como si se estuviera ahogando en un pozo de oscuridad. No había visto a Kathy desde el día que había cancelado la boda, esperando que la separación jugara en su favor, pero aparentemente, la cosa iba peor para él que para ella. Porque a pesar de que él la echaba de menos terriblemente, ella no había dado su brazo a torcer.

–La boda de su madre es mañana –dijo Brian mientras seguía dando vueltas en su diminuta oficina–. Demonios, ¡mañana se supone que teníamos que habernos casado nosotros!

–¿Y bien?

Brian fulminó a Jack con la mirada

–¿Cómo que «y bien»?

–Que qué vas a hacer al respecto.

–Voy a decirte lo que haré.

–Aparte de darme un puñetazo, claro.

No sólo a Jack, pensó él. Quería dar puñetazos a las paredes, a las puertas, a cualquiera que se cruzara en su camino... Pero había otra cosa que deseaba aún más.

–Sí. Quiero volar a Las Vegas, atarla y obligarla a que se case conmigo.

–Ah, ése sí que es un plan destinado a ganarse el corazón de una mujer.

–Ya tengo su corazón, maldición –dijo Brian con furia. Le volvía loco el que ella lo quisiera y no se casara con él.

–Entonces me parece que es el momento de pasar a la acción drástica.

–¿Cómo por ejemplo?

–Bueno –dijo, con una sonrisa en la cara–. Cuando Donna intentó abandonarme, la seguí hasta el aeropuerto y la traje de vuelta a casa, donde tenía que estar.

Brian se acordaba de aquello. Los *marines* se burlaron sin piedad llamándolo «mi héroe», pero a Jack no le importó. Tenía a Donna, y eso era todo lo que le interesaba.

–Pero ya estabais casados.

–Las Vegas está lleno de capillas.

–Sí –dijo Brian, suavemente, acariciando la

idea–. Tal vez lo que tenga que hacer sea preparar un asalto frontal a sus defensas.

–¿Entonces no vas a declarar el tercer *strike*, el fallo final? –dijo Jack, escondiendo una sonrisa–. Los chicos van a quedar muy decepcionados.

–¡Ja! –rió Brian por primera vez en días–. Chico, voy a marcar punto.

Y salió corriendo por la puerta.

Tras él oyó a Jack gritar:

–¡Hurra!

Kathy no sabía que se podía sentir tanto dolor. Un dolor palpitante en el lugar donde antes había estado su corazón había sido su única compañía los últimos días. Echaba de menos a Maegan con desesperación y no tener a Brian a su lado era una verdadera tortura.

¿Qué había conseguido echándolos de su vida? Básicamente, no sufrir en el futuro lo que ya estaba sufriendo entonces. O sea que para ahorrarse dolor, se había hecho daño.

Brillante.

–Oh, cariño, cuanto me alegro de que estés aquí –dijo su madre.

Kathy se vio obligada a centrar su atención en la boda que estaba a punto de empezar.

–Yo también, mamá –Kathy pensó que su madre estaba distinta a otras bodas.

Esta vez parecía estar realmente deseosa de pronunciar los votos que debía saberse de memoria.

–Ya sé que he dicho esto en otras ocasiones –reconoció Spring–, pero de verdad creo que esta vez va a ser diferente. Esta vez es para siempre –ella volvió la vista para ver llegar al novio e incluso Kathy pudo apreciar el brillo en los ojos de su madre.

Frank Butler se detuvo al lado de Spring, le ofreció su brazo y miró a Kathy con amabilidad.

–Que estés aquí es muy importante para tu madre –dijo su futuro padrastro–. Y para mí también.

–No me lo hubiera perdido por nada –dijo Kathy, estudiando al hombre.

Frank Brutler no era como ella había esperado. Debía rondar los sesenta, tenía una bien cuidada panza y miraba a Spring como si fuera la mujer más bella del mundo.

Tal vez aquella vez fuera distinto, pensó Kathy esperanzada. Tal vez su madre hubiera encontrado por fin la felicidad.

Mientras la pareja ocupaba sus sitios frente al altar, Kathy se sentó en un banco y apenas escuchó la ceremonia. Las palabras de Brian no dejaban de resonarle en los oídos y por fin se dio cuenta de que tenía razón. En muchas cosas.

Ella era una cobarde. Se dio cuenta cuando vio a su madre intercambiar los anillos; Spring nunca había dejado de buscar el amor y ¿acaso no era mejor esa vida que encontrar el amor, y tirarlo por la borda por miedo a perderlo?

Estaba allí sentada, con el bonito vestido color marfil que había elegido para casarse. Kathy se alisó la falda con las manos y suspiró. Era deprimente llevar un vestido de novia y no casarse.

¿Podía ser menor el dolor que se sentía al volverle la espalda al amor que al perderlo? Cielos, su madre se había pasado toda la vida buscando lo que Kathy acababa de dejar a un lado.

Con la cabeza dándole vueltas, Kathy sonrió cuando los recién casados se alejaron del altar. Intentó seguirlos, pero sus pies no querían moverse. Se sentía como si los hubiera metido en un cubo de cemento. Su mirada recorrió la burda decoración de la capilla nupcial *Love me tender*, en honor a la canción de Elvis Presley, y sólo pudo pensar que, si no hubiera sido tan idiota, Brian y ella estarían ahora junto al altar.

Habrían sido una familia, habría estado junto al hombre que amaba y habría sido madre. Hubiera podido tener todo aquello con lo que había soñado en lugar de estar sola siendo la única responsable de ello.

Sintiendo las piernas débiles y el cerebro a mil revoluciones por minuto, Kathy se levantó por fin del banco y salió hacia la puerta. De algún modo encontraría las palabras para felicitar a su madre e incluso disculparse por no haberla entendido antes. Después, si no era demasiado tarde, iría a casa e intentaría hablar con Brian.

Tal vez la echara de menos tanto como lo hacía ella y tal vez quisiera perdonarla por ser tan estúpida y cabezota. Tal vez le diera una segunda oportunidad.

Salió a la luz del sol de Las Vegas y su brillo le hizo parpadear. Antes de que sus ojos se acostumbraran a la luz, chocó con un fuerte pecho conocido y una fuerte mano la sujetó impidiendo que se cayera.

—¿Brian? —susurró ella, preguntándose si su destrozado corazón habría invocado aquella imagen sólo para torturarla.

—Esto ya ha durado bastante —dijo él con un

gruñido para darle a entender que no se trataba de una visión.

—Eres tú –dijo ella, y sintió que su corazón volvía a la vida.

—Claro que soy yo –dijo él, y cuando la niña rió, dijo–. Y Maegan.

—¡Y Maegan! –repitió Kathy, sintiendo que una burbuja de alegría estaba a punto de estallar en su interior. Se sentía tal ligera y tan feliz que creía estar flotando.

No le importaba por qué estaba allí, lo importante era que él había ido.

—¿No vas a preguntarme por qué estamos aquí? –dijo él.

Si él quería que se lo preguntase, lo haría.

—De acuerdo –dijo ella, sonriendo. No podía dejar de sonreír. No quería dejar de sonreír–. ¿Por qué estáis aquí?

Él frunció el ceño y se quedó callado un momento. Aparentemente tenía un discurso preparado, pero ella no se lo estaba poniendo fácil.

—¿Kathy? –dijo su madre.

—Mamá, éste es Brian Haley y su hija Maegan –no le quitaba los ojos al *marine* vestido con el uniforme completo–. Brian, ésta es mi madre, Spring, y mi padrastro, Frank.

Él los miró y dijo:

—Encantado de conoceros, chicos –después le pasó a Maegan a una sorprendida Spring–. ¿Le importa tenerla un segundo, señora?

—Claro que no –dijo ella, que empezó inmediatamente a jugar con la niña a la vez que mantenía la mirada fija en su hija y en el *marine*.

Brian le puso las dos manos a Kathy en los hombros y la atrajo hacia sí tanto que ella tuvo que echar la cabeza hacia atrás para mirarlo. Él había estado planeando aquel discurso durante horas, pero estando con ella se daba cuenta de que lo más importante era besarla.

Inclinó la cabeza hacia ella y la besó profundamente, como si quisiera marcarla y que ella dejase su marca sobre él. Con aquel beso le entregó todo lo que tenía y le explicó sin palabras lo que ella significaba para él.

Después de que pasara una pequeña eternidad, él levantó la cabeza y la miró a los ojos.

–Oh, Brian...

–¡Chist! –interrumpió él–. Ahora me toca hablar a mí.

–Pero...

–Estoy aquí por una razón, Kathy –dijo él en voz baja–. Te quiero y tú me quieres. Y más te vale ir acostumbrándote a la idea.

Ella abrió la boca para decir algo, pero él la cortó. No había querido conducir hasta Las Vegas con la niña, así que había tomado uno de los primeros vuelos de la mañana, había escuchado los llantos de Maegan todo el viaje, había arriesgado sus vidas en un taxi de Las Vegas y no estaba dispuesto a dejar de hablar hasta haberla convencido del todo.

–No puedes negar lo que hay entre nosotros, Kathy –dijo él, dejando su mirada correr por sus rasgos. Cuánto la había echado de menos aquellos días. Había sido como si le hubieran arrancado una parte de su cuerpo, una parte de su vida. No podía imaginarse un mundo en el que no estuvieran juntos–. Y no te voy a permitir que me dejes de lado. Tienes que entenderlo, cariño. Soy *marine* y nosotros no conocemos el significado de la palabra «retirada». Y –dijo cuando ella intentaba volver a hablar–, déjame recordarte que soy sargento mayor y tengo todo tipo de soldados y armas a mi disposición a los que puedo recurrir para que me ayuden a convencerte.

–Brian...

–Vamos a casarnos, cariño. Hoy. Ahora.

Spring estuvo a punto de atragantarse.

Kathy parpadeó.

Maegan se echó a reír.

–Un matrimonio de verdad, nada de bodas de conveniencia. No hay cláusulas de escape fácil –dijo él–. Amor de verdad, con niños, perros y todo lo que haga falta. Felices para siempre y amén.

–Si me dejas decir algo.

–Lo digo en serio, Kath –siguió él–. No vamos a marcharnos de esta maldita ciudad hasta que no estemos casados. Y ahora, podemos entrar a la capilla uno al lado del otro, o puedo llevarte en brazos –tomó aliento, lo soltó y dijo–. ¿Qué eliges?

–¿Has acabado? –dijo Kathy, sonriéndole.

–Por ahora –dijo él, mirándola desconfiado.

–Bien. Entonces yo también tengo algo que decir.

Él asintió y siguió mirándola. Ella notó que aún no le había soltado los hombros, lo cual no le importaba.

Kathy se preguntó cómo podía haber pensado que podría vivir sin él. Necesitaba a Brian Haley en su vida tanto como respirar. Él le había dado mucho más de lo que ella había esperado encontrar nunca. Y lo quería todo, todo hasta el «felices para siempre».

Preocuparse por que pudiera hacerle daño en

el futuro no era razón suficiente como para dejar escapar tanta felicidad en aquel momento.

Más tarde le diría todo aquello, pero por el momento se conformó con un «llévame en brazos, sargento mayor».

El alivio transformó su cara y le sonrió de aquel modo que siempre le había gustado tanto a Kathy. Después se inclinó, la tomó en sus brazos y dijo:

–Sí, señora.

Echándole una mirada a su madre, Kathy preguntó:

–Mamá, ¿quieres ser mi dama de honor?

Spring besó a su nueva nieta y sonrió a su hija.

–Cariño, estaré orgullosa de ello.

Kathy sonrió y rodeó a su casi marido. ¿Cómo podía haber tenido tanta suerte?

–¿Qué hacemos aquí parados? ¡Va a empezar la boda!

–Eres mi mujer ideal, cariño –dijo con una voz tan profunda que le llegó a lo más profundo del alma y le infundió calor a su espíritu. Kathy supo en aquel momento que nunca, nunca, volvería a tener frío.

Brian la levanto lo suficiente como para besarla rápidamente y respiró con facilidad por primera vez desde hacía días. Le habían dado una segunda oportunidad, no sólo siendo padre, sino con un amor más profundo de lo que hubiera podido imaginar, y no estaba dispuesto a estropear ni una cosa ni la otra.

Gritando «¡hurra!» entró en la capilla, feliz de escuchar las risas de Kathy resonar en sus oídos.

Deseo®…
Donde Vive la Pasión

¡Los títulos de Harlequin Deseo® te harán vibrar!

¡Pídelos ya! Y recibe un descuento especial
por la orden de dos o más títulos

HD#35327	UN PEQUEÑO SECRETO	$3.50	☐
HD#35329	CUESTIÓN DE SUERTE	$3.50	☐
HD#35331	AMAR A ESCONDIDAS	$3.50	☐
HD#35334	CUATRO HOMBRES Y UNA DAMA	$3.50	☐
HD#35336	UN PLAN PERFECTO	$3.50	☐

(cantidades disponibles limitadas en algunos títulos)

CANTIDAD TOTAL	$	_____
DESCUENTO: 10% PARA 2 Ó MÁS TÍTULOS	$	_____
GASTOS DE CORREOS Y MANIPULACIÓN	$	_____

(1$ por 1 libro, 50 centavos por cada libro adicional)

IMPUESTOS*	$	_____
<u>TOTAL A PAGAR</u>	$	_____

(Cheque o money order—rogamos no enviar dinero en efectivo)

Para hacer el pedido, rellene y envíe este impreso con su nombre, dirección
y zip code junto con un cheque o money order por el importe total arriba
mencionado, a nombre de Harlequin Deseo, 3010 Walden Avenue, P.O. Box
9077, Buffalo, NY 14269-9047.

Nombre: _____

Dirección: _____ Ciudad: _____

Estado: _____ Zip Code: _____

Nº de cuenta (si fuera necesario):_____

*Los residentes en Nueva York deben añadir los impuestos locales.

Harlequin Deseo®

CBDES3

Deseo®

Arrebatadora pasión

Shawna Delacorte

Convertirse en guía de la hermana pequeña de su mejor amigo no era el plan perfecto para un soltero como Tyler Farrell... hasta que una bellísima y adulta Angie le derritió el corazón con un apasionado beso. Se suponía que era territorio prohibido, pero a Tyler le encantaba jugar con fuego.

Angie quería demostrar que ya no era una niña y qué mejor manera de hacerlo que teniendo una aventura con Tyler, un verdadero rompecorazones. El problema era que cuanto más se acercaba a Tyler, más se enamoraba de él.

Tenía que convencer a un hombre con miedo al compromiso de que sería suya para siempre...

Bianca®

Por fin se dio cuenta de que había algo que el dinero no podía comprar... el amor de su esposa

Opal Clemenger estaba en la ruina y el único hombre que podía ayudarla era el despiadado magnate Domenic Silvagni.

Domenic era increíblemente rico y creía que podía conseguirlo todo con dinero... incluyendo una mujer. Así que accedió a ayudar a Opal con la condición de que se casara con él.

Opal no tenía otra alternativa que casarse con él, pero no esperaba que hubiera otra exigencia: que le diera un heredero...

El amor no está en venta

Trish Morey